養成守護靈

SPIRIT GUIDE

2 拐個幻靈寶寶當萌寵

貓邏——著
喵四郎——繪

花寶

種族　幻想系幻靈

等級　初級幻靈

身高　30公分

天賦　治療、創造、慈愛

性格

對認定的自己人溫和，對外人不理不睬。

外型

頭髮是如同櫻花一樣的粉色，頭頂長著嫩綠的幸運草，容貌精緻漂亮，宛如精緻的白瓷娃娃。

商陸

年紀　**28歲**

身高　**185公分**

職業　**契靈師**

契靈　**大白狼**

性格

外冷內熱，認真負責、堅毅堅強，對幻靈相當好，會將幻靈當成孩子養。

外型

棕髮藍眼，身材高䠷挺拔，習慣穿休閒式西裝，擁有學者與富家少爺的氣質。

江海

年紀　26歲

身高　182公分

性格

漫畫《契靈守護》的主角，性格熱情歡快，喜歡吃美食。巡夜人南區隊長，與商陸是良性競爭的朋友關係。

外型

橙髮綠眼，笑容爽朗、富有活力，像是小太陽一樣，標準的少年冒險漫畫主角的風格。

白光禹

年紀　35歲

身高　188公分

性格

商陸的老師，生活於魔物侵擾的年代。教學認眞，對待學生相當親切，還會利用寒暑假時間跑去秘境爲學生找材料。

外型

黑髮黑眼，斯文俊秀，臉上戴著細框眼鏡，目光溫和慈善，非常符合世人想像中的老師模樣。

Contents

第一章

英靈教師的日常

01

「驚天動地大震撼！學校的紀念館出現幽靈，而且這些幽靈還是學校的老師和教官！」

「真的假的？死去的老師又復活了？」

「難道老師是覺得我們太混，所以才氣得掀開棺材板，從墳墓裡跳出來？」

「媽呀！你這笑話真是讓人毛骨悚然！」

英靈老師們的消息在學生論壇迅速傳開，不少學生抱持著好奇、懷疑、尋找刺激、辨別真假等心態，紛紛跑來紀念館一窺究竟。

即使紀念館已經被重重封鎖，還有保安二十四小時巡視、駐守，但他們也攔不住好奇心旺盛、精力充沛的學生們。

無可奈何之下，校長只好出面，證實過往犧牲的老師和教官的靈魂確實存在，他們正在紀念館中休養。

「……老師和教官們都是值得尊敬的英雄！他們離世的時候過於倉促，留下了許多遺憾，現在他們的英靈能夠重現世間，與他們的親友和同伴再度重逢，對此，我們深感欣慰！

「目前我們還不能確定導致英靈甦醒的原因，為了避免英靈老師們受到傷害，或是發生意外消失，目前紀念館及其周圍全部封閉，請各位同學不要靠近！不要因為一時的好奇心傷害到英靈！

「如果有人違規，學校將會記過處分，情節嚴重者會直接退學！」

校長在廣播中嚴厲地警告，試圖將這群蠢蠢欲動的學生壓制住。

學生們也可以理解校長的做法，迅速收斂自己對紀念館和英靈的好奇心。

他們可不想因為自己的魯莽而害了英靈老師！

他們雖然不是英靈老師的學生，卻也參觀過紀念館，了解英靈們生前的種種事蹟，對於這些平日教書育人、戰時身先士卒上戰場的英靈，他們是尊重並且敬佩的。

校內的生活恢復平靜，校外卻掀起了波瀾。

也不知道是誰，將學生論壇的直播影片和英靈的消息轉到社群媒體上，在外界引起軒然大波，不少人打著各種心思試探學校，各種採訪、參觀交流和邀約絡繹不絕，校方以「學校正在修整，不方便對外開放」的原因婉拒了，還有不死心的校外人士偷偷潛入。

學校的保安人手不足，應付不了層出不窮的「潛入者」，學生們自發地組團在校園和紀念館周圍巡視，協助校方防禦這些窺探的外人。

「又抓到一個！」

學生一把抓住帶著微型攝影機的記者，生氣地將他扭送到校門口。

「你們這些記者是怎樣？明明學校都說以後會開記者會說明，你們就非要偷溜進來偷拍是吧？」

「為了流量、為了賺錢，你們連基本的記者道德都不要了……」

「嘖！他是『瞎掰娛樂』的記者，瞎掰娛樂本來就沒良心！」

「瞎掰娛樂？哪家啊？」

「之前叫做爆料傳媒，後來改名……」

「喔喔喔！爆料傳媒我知道！他們專門偷拍明星藝人的八卦，最喜歡看圖片編故事，一張兩男一女吃飯聊天的照片，他們能掰出一篇狗血三角戀！」

「他們不僅亂編故事，還編得很瞎！」另一名學生接口說道：「我之前看到一篇〈商姓契靈師和他、她、他的烽火連天〉，我還以為是在寫商隊在戰場上廝殺的事，結果新聞竟然編造商隊、陸隊和他們的契靈的『人靈多角戀』！我滴媽呀！我當時真是三觀都碎了……」

「這麼刺激？商隊跟陸隊沒找他們麻煩嗎？」

「那時候大戰到了緊要關頭，商隊他們沒時間關心這些……」

「真的假的？大戰的時候還編造這種新聞？」

問話的學生一臉驚奇又詭異地看著記者。

「你們公司沒被砸嗎？」

「那時候我還沒進公司，不知道這些事情。」記者抬手抹了一把臉，滿臉苦悶地回道：「不過我聽說瞎掰之前搬了好幾次，換了不少間辦公室，也不曉得是不是被砸了……」

「應該是被砸了，不然也不會改名。」另一名學生回道。

「這份工作是我大學學長介紹的，上個月我才進公司，早知道瞎掰這麼糟糕，我絕對不會入職！」

記者握緊拳頭，神情顯得氣憤無比。

「說得你好像很無辜，你自己不也是溜進學校找新聞嗎？」

大三的學長撇撇嘴，他可不是單純的學弟學妹，被這人三言兩語就哄騙了。

「我也不想啊！」記者很是無奈，委屈巴巴地哭訴，「主管說這是對新人的考核，要是通過考核，我就算正式入職，可以進入秘境成為特派記者！我就是為了成為秘境記者才會進入這間公司的！」

秘境記者跟一般記者可不一樣，他需要有幻靈和秘境的專業知識，需要經過考核，需要領有秘境記者證。

簡單說來，秘境記者跟一般記者最大的區別是：秘境記者的權限廣，可以像一般記者一樣採訪各類新聞，但是一般記者卻無法跑去秘境進行採訪。

「主管還說，要是我不來採訪就要扣我的薪水！我現在一個月的薪水才兩萬出頭，被他一扣，我下個月就沒辦法繳房租了！

「我也知道北安不可能接受採訪，而且我也不想潛入，我怕會對英靈造成損傷，我很喜歡商隊跟白老師，我是商隊的粉絲……

「所以我就想，我進來學校以後故意在保安面前晃一圈，保安就會跑來抓我，這樣我就潛入失敗，主管應該就不會扣我薪水了。」

學生們回想了一下之前的情況，發現這名記者確實沒有刻意隱藏行蹤，反而有故意洩漏自己的情況，逃跑的速度也不快，似乎沒有盡全力在跑。衡量過他的說詞跟行動後，學生們也就相信了他。

「你還是早點離職吧！」學生放緩了語氣，好意地勸告，「以前商老師忙，沒時間理會這些八卦，現在商老師可是商榮集團的商總！還是我們北安契靈師大學戰鬥系的老師，你覺得商榮集團跟我們學校會放過造謠的媒體嗎？」

「辭！這間破公司我早就不想幹了！」記者一臉悲憤地控訴，「一天上班十四個小時，半夜還會叫人去跟拍，油錢、交通費只報銷一部分，還不給加班費！還說其他公司的記者都是這樣，二十四小時全天候待命……要不是為了秘境記者的名額，我早就離職了！」

記者委屈得眼眶通紅，說得都快要哭出來了，學生們紛紛反過來安慰他。

「行了，多大點事，別哭了。」

「你看起來跟我們差不多，幾歲啊？」

「我記得瞎掰娛樂並沒有秘境記者的名額，你是不是被騙了啊？」

「沒有名額嗎？可是學長跟瞎掰的人都說有！」記者驚訝地反問，又接著回答學生的問題，「我二十六歲，畢業沒幾年。」

「確實沒有。」學生在手機上操作了一下，將調查到的網頁給記者看，「你看，這是擁有秘境記者資格的媒體公司名單，上面沒有瞎掰娛樂。」

「你應徵之前沒有先調查過嗎？」

「我學長說他們有名額，還給我看了一張截圖，就是秘境記者資格的證書，還說這是他們的內部資料，外面查不到，我就相信了。」

說到這裡，記者難忍心中悲痛，再度哭了起來。

「證書是偽造的吧！」

學生一聽就知道其中的詐騙手段。

「嘖！人生在世，誰不會遇到幾間爛公司呢？直接炒老闆魷魚就行了，為它哭不值得。」

「誰為它哭了？我是在哭自己！」記者悲憤地握緊拳頭，痛心疾首地罵道：「我還以為我那學長人很好，知道我想要成為秘境記者，特地介紹我工作，結果他竟然推我入火坑！

「我為了感謝他，請他吃了好幾次飯！他每次都要吃很貴的烤肉跟高級火鍋店！吃一次要好幾千的那種，他怎麼可以這麼無恥呢？人心實在是太險惡了！嗚嗚嗚……」

「那個嘛……人生在世，誰不會遇上幾個渣呢？」學生同情地拍拍他的肩膀，「以後直接拉黑名單，別聯絡了。」

「經一事、長一智，雖然你吃了虧，但也看清楚對方的人品了。」

「至少你只是花了點飯錢、浪費了點時間，也沒有虧損太多。」

「他還跟我借了五萬塊。」記者補充著學長的「惡行」。

「啊，這……能討回來吧？」

「很難說，現在欠帳的都是大爺，有些人欠錢不還，跟他討錢他還說話酸你，我還見過欠錢的人直接跟借他錢的人說『我就是不想還你錢，怎樣？』非常囂張！」

「按照你那位學長的品行，我也覺得很懸……」

學生們全都不看好這筆錢歸還的可能，讓這位記者又想哭了。

別看五萬元不多，那可是他省吃儉用，存了好久才存下來的錢！

「那你有秘境記者證嗎？」學生好奇地詢問。

「有！我有！」

提起這件事，記者就不再沮喪了，他興高采烈，甚至有些得意地抬高下巴。

「我只考兩次就通過了！」

這是他這一輩子最大的榮耀！

秘境記者的考試可不好考，有些人考了十幾回都沒能通過，這名記者才兩次就考過，確實有相當的本事！

「那你這樣工作應該很好找啊，幹嘛要去瞎掰啊？」學生不能理解地看著他。

「我是為了去秘境的名額。」記者鬱悶地回道：「那些中、大型媒體他們的秘境記者很多，去秘境的名額根本輪不到新人，學長……那傢伙說我只要去瞎掰，他們就會給我一個名額，所以我才去的。」

「你既然有秘境記者證，那你可以自己去秘境做自媒體啊！」另一名學生給出建議。

「我有想過，可是去秘境做自媒體要花很多錢。」記者彎曲著手指，逐一數著，

「我大概估算了一下，交通食宿、裝備物資、嚮導、保鏢、攝影跟後製剪輯……最少也要一百六十萬，這還是所有東西都用租賃和二手，只聘僱一位保鏢，不請嚮導，攝影跟後製我全部自己來的最低預算。」

記者抹了一把臉，無比苦悶。

他只是普通家庭出身，父母親是上班族，兩個人的月薪加起來將近八萬，這錢要繳房貸、車貸、保險金、各種稅收，還要付水電費、生活開銷以及記者的弟弟和妹妹的學雜費，到了月底完全沒有剩餘。

記者原本想著，自己畢業後能夠工作賺錢，可以貼補家用，沒想到卻入職了一間壓榨員工的騙子公司！

「這樣吧！我們加個通訊，我幫你問問其他公司，看看有沒有需要秘境記者的？要是要招人，我就通知你。」

家裡經營媒體產業的學生，打算幫對方一把。

「謝謝、謝謝，你真是好人！」記者感激又激動地道謝。

「不用謝，我也只是幫你問問，能不能通過面試考核，還要看你自己。」

「我知道，能給我機會就很好了。」

記者不貪心，只要能給他機會，他會自己努力爭取。

02

「最近還真是熱鬧……」

白光禹老師站在窗戶邊，微笑地看著底下熙熙攘攘的學生。

「嘖！那邊的草叢裡潛伏了兩個記者，怎麼保安跟學生都沒發現？偵查能力太差了！」

武教官的觀察力敏銳，一下子就找到沒被抓到的記者。

「別生氣，等新學期開課的時候，你再給他們加強訓練就行了。」白光禹笑著安撫道。

現在學校已經放寒假了，大多數的學生都選擇回家，只有一部分不想回家的學生、手上有研究課程的研究生，以及正在外頭實習的大四生還留在校園。

不過校內並不顯得冷清，因為這裡還有留守紀念館的教師和英靈的親友們，以及仍然不死心、還想混進校園的記者跟目的不明的人士。

經過這段時間的研究，白光禹等幽靈教師也掌握了自身情況，並對幽靈系幻靈有了更新一步的認識。

如同先前的猜測，他們只需要補充充足的能量就能夠變為實體，要是受傷或是能量消耗過度，就又會轉為虛體，而且一旦身受重傷，他們就會感受到一股強力的拉力，將他們拉回紀念館中，他們需要等到能量再度補充完畢才能離開紀念館。

幽靈老師們猜想，紀念館對他們的「限制」，應該是一種「保護機制」。

至於為什麼紀念館會保護他們這些幽靈老師？

為什麼他們受傷以後會被紀念館「拉回」？

這些又是另一個謎團了。

不過紀念館這個保護機制也不是絕對安全。

紀念館供應給他們的能量是循序漸進的，就像手機充電一樣，需要等待時間，不可能瞬間充滿。

如果他們身受重傷、能量大量消耗，身邊又沒有其他能迅速補充能量的物品，光靠紀念館的充能肯定不足。

他們依舊會「死亡（消失）」。

能量耗盡就會消失——這條規律跟幽靈系幻靈十分相似。

他們甚至跟幽靈系幻靈學會了技能，可以在虛實之間任意轉換，還可以藏匿於影子之中。

意外獲得新技能的幽靈老師們欣喜若狂，鑽研技能的熱情更加火熱了！

幽靈老師們不僅學習新技能，還結合自己原有的知識開發新技能！

以前礙於活人之身不能做的種種危險研究，他們也全部翻出來做了！

「反正只要能量充足就不會死，那還怕什麼？」

幽靈老師們紛紛放飛自我，讓他們的親友和學生們苦惱不已。

「教官！不要再研究『水火雷霆能量炸彈』了！你的手臂都炸沒了！幽靈受傷也是會痛的啊！你要好好愛惜自己！」

教官帶出的徒弟痛心疾首地捂著胸口，一群人熟門熟路地分工合作。

幾個人抱住武教官，制止他作死的行動；幾個人往他的傷處噴灑大量的能量藥劑，為他療傷；還有兩人不斷往他嘴裡塞能量糖果，希望將他因為受傷而消耗的能量迅速補回。

「潘教授，住手！你需要能量就跟我們說，不要抽自己的啊！要是能量來不及補充怎麼辦？」

「你們的動作太慢了！」

被攔阻動作的老教授嫌棄地看著他們，像是趕蒼蠅一樣地揮舞著手上的枴杖。

「走開、走開，擋在這邊做什麼？不要妨礙我做實驗！」

被罵的學生們能說什麼呢？

「對對對，老潘您說的都對！」

「我們確實笨手笨腳，所以才需要您多多教我們啊……」

「來來來，桌面都弄髒了，我先清一清，教授您在旁邊休息一下，我整理好了就將實驗台還給您。」

「潘教授，來，先吃顆能量糖再繼續。」

由潘教授一手帶出來的徒弟們一邊哄著他、一邊往教授嘴裡不斷塞能量糖果。

「太甜了，我不喜歡這個味！」潘教授嫌棄地嚼著嘴裡的能量糖果。

「抱歉，我拿錯了，這個才是教授喜歡的薄荷茶口味。」

「除了薄荷茶口味，我們最近還研發出老潘您最愛的高山烏龍茶口味，來來來，您嚐嚐看……」

「這個味道不錯。」

潘教授點點頭，對能量糖果的味道表示肯定，但更多的心思都在實驗台。

「實驗台清理好了沒？」

「快好了、快好了，這桌面不太乾淨，我擦一下啊。教授您再吃幾顆糖果，我就收拾好了。」

為了讓潘教授多吃幾顆糖、多補充一些能量，學生收拾實驗台的動作並不快，即使被教授催促了，他也只是讓收拾的動作更花俏，讓自己看起來更忙碌，實際上並沒有真的加快速度。

「動作怎麼那麼慢？」

眼看教授越來越不耐煩，就要搶了工作自己做清潔了，小學弟不慌不忙地獻祭了學長們，讓潘教授的注意力轉移到學長們身上。

「教授，林學長他們這幾年都懈怠了，一些基本技能都生疏了，需要多動手練習，不信的話，老師您可以考考他們……」

「真的是這樣嗎？」潘教授果真被轉移注意力了。

對上教授不善的目光，年近四十歲的學長們頭皮一麻，乖巧地站直了身軀。

「教授，您聽我狡辯，呃啊，您聽我解釋，事情真的不是那樣的……」

「小學弟這兩年來也鬆懈不少，也沒有出什麼研究成果！」

「對啊、對啊！大家半斤八兩！」

「夠了！」潘教授沉喝一聲，「把你們這幾年的論文都發給我看！」

「可是論文不在這裡……」

「去拿！我等你們！」

「是。」

這邊的潘教授正訓著學生，另一邊的培育院老師則是將自己塞入儀器中，試圖將自己的能量提取出來，跟另一隻幻靈的能量相結合。

「老師，雖然幻靈蛋是兩隻幻靈的能量結合，但是那些能量中還有幻靈的生育因子，不是單純有能量就能生崽子啊……」

「老師要是真的弄出一隻幻靈寶寶來，那他算是老師的孩子嗎？」

「人、幽靈跟幻靈……還是有生殖隔離的吧？」

「誰要生幻靈寶寶了？」進行研究的培育院老師氣急敗壞地罵道：「我是在嘗試『結合技』！」

幻靈與幻靈是可以進行「合體」，進而發揮出更強大的力量，但是並不是所有幻靈都能進行結合。

當前的研究顯示，僅只有水系和幽靈系的幾種幻靈可以相互結合。

培育院老師之所以提煉和分析自己的成分，也是想要經由分析數據確定自己能不能跟幻靈進行結合。

「老師，我覺得你這個想法太瘋狂了，不可能實現的，放棄吧！」

「老師，要是你不想放棄，那就等我們研究出更好的保護裝備以後再進行吧！」

「等你們研究出來要多久！」

「很快的，老師！我們現在的研發速度都提高了！」

為了阻止幽靈老師們的作死行為，商陸等學生傷透了腦筋，努力研究各種對幽靈好的能量劑、補藥和防護用具，希望能在幽靈老師們放飛自我的時候，保護他們的性命！

花寶曾經困惑地詢問商陸，為什麼大家都只是嘴上勸阻，實際上都還是順著幽靈老師們的心意行動？

商陸溫和地笑了笑，摸摸花寶的腦袋回道。

「老師們生前過得太辛苦了，現在都成了幽靈了，我們想要讓他們過得開心。」

白光禹等幽靈教師們生前過得勤勉刻苦，平時教書、培育學生，假日還要去秘境找尋用於教學和研究的資源，學生放寒假、暑假時，教師們則是上戰場協助戰士防禦邊境。

可以說，一年三百六十五天，幾乎全年無休！

只有身受重傷或是病得起不來了，他們才能稍微放下肩上的重擔，休息幾日。

現在大戰結束了，世界回歸平靜，也該讓這群英靈們自在地過日子了。

03

口頭上說著要讓老師們過得開心自在的商陸，一轉身，見到一個偷偷摸摸的熟悉身影，立刻衝了過去！

「老師！住手！你在做什麼？又在亂做果凍了？」

商陸注意到白光禹老師往能量果凍機裡頭扔了幾樣「不明材料」，著急地吼道。

「雖然你現在是幽靈，也不能隨便吃東西啊！要是拉肚子、中毒怎麼辦？」

「幽靈不會拉肚子啦！」白光禹不以為然地揮揮手。

「你怎麼知道不會？」商陸敏銳地反問。

「因為我試過、呃……」自覺失言的白光禹心虛地消音了。

「老師，你又趁我不在的時候偷偷做了什麼？」

商陸用著「老師不乖，我很不高興」的眼神盯著他。

白光禹摸了摸鼻子，強自鎮定地找藉口。

「我是在給花寶調配食物！」

「咪嗚？給我噠？」

花寶指揮小白雲飛到果凍機上面，歪著腦袋看著放在果凍機入口端的食材。

生牛肉、生魚片、小黃瓜、洋蔥、大蒜、甜椒，還有一些漂亮的花花草草……

食材被切成塊狀，花朵玲瓏可愛，整體顏色五彩繽紛相當好看。

「咪嗚！好漂亮！看起來很好吃！」花寶開心地看向白光禹。

「對吧、對吧！我也覺得應該會很好吃！花寶寶肯定會喜歡噠！」

白光禹笑得眉眼彎彎，用幼兒說話的語調說道。

「咪嗚！對噠！老師好棒棒！」

花寶也學著白老師說話，原本稚嫩的嗓音更顯幼稚了。

「……」商陸無奈地看著「意氣相投」的兩人，婉言勸道：「食材是不是太多了？要不要減少幾樣？」

姑且不說那些看似花草其實是藥草的植物味道如何，要是將這些生肉、蔬果相互混合製作成果凍，那絕對是一場災難！

就在這時，機器發出啟動的聲音，不一會兒，果凍就「咚、咚、咚」地掉了三顆出來。

「嚐嚐。」

白光禹動作迅速地拿起果凍，自己塞了一顆，順手往商陸嘴裡也塞了一顆，而另一顆果凍則是被花寶自動承包了。

「……」

果凍的味道讓商陸的臉色微變，匆匆地咀嚼兩下就將果凍嚥了下去。

「咪嗚？呸！呸、呸、呸……」

花寶皺著小臉將嘴裡的果凍吐出，並急忙從空間裡拿出汽水咕嚕咕嚕地猛灌，試圖沖掉嘴裡的酸甜苦辣澀腥等奇怪味道。

「唔？」

果凍的創造人白光禹老師皺著眉頭，一邊嚼著果凍、一邊拿出筆記本修改上面的配方。

「奇怪，按照我的想法，藥膳果凍的味道應該不難吃，而且會有不錯的藥效，怎麼味道跟效果都和我想得有偏差呢？」

白光禹老師百思不解地在筆記本上修修改改。

商陸頭疼地嘆了口氣，婉轉地規勸道：「老師，藥膳果凍這個想法很好，但是藥膳要煮熟了，藥效才能發揮出來……」

「我知道。」白光禹在進行藥膳果凍的研究時，就已經調查過相關資料了，「可是我挑的這幾種藥材和食材都屬於生吃的營養和藥效更好，煮過以後反而藥效跟營養都會流失。」

「……問題是您加的東西太多、太雜了。」商陸給出另一個建議，「或許我們可以先簡單地挑幾樣進行實驗，等做出味道不錯的藥膳果凍後再慢慢添加？」

「這就是我精簡過後的配方，不信，你看！」

白光禹老師不滿地抿著嘴，將筆記本遞給商陸看。

筆記本上寫寫畫畫了一堆文字，看上去有些凌亂，但是熟悉白老師的商陸很容易就看出老師的思考軌跡，也清楚他確實已經將材料減少了。

只是……

從一百種材料降至三十幾種，這個降幅雖然大，但還是很可觀啊！

「老師，我覺得我們可以試著再減掉幾樣……」

「嗯，我也覺得可以減掉這幾樣，然後再加上這個、這個和這些……」

「……老師，加上這些不就更多了嗎？」

商陸額冒黑線地看著新增加的材料數量。

「可是這幾樣藥材的藥效好，而且我覺得我們可以強化這部分的藥效，還有啊，我覺得可以再添加這個，強化效果更好……」

「老師，我覺得我們可以先從簡單的藥膳開始做，之後再慢慢添加。」

「我比較喜歡一次到位。」

「老師，做出來的東西要是沒人吃，那也很浪費。」

「……」

商陸這一句話，無疑是掐中了白光禹的弱點。

白光禹是經歷過戰爭年代的人，那個時候各種資源都要優先供應戰場和戰鬥人員，所有資源都相當珍貴，不能浪費，這也造成那個年代的人都相當勤儉，機器設備修了又修、戰鬥服補了又補，即使是不愛吃、不好吃的食物也會全部吃光。

無可奈何之下，白光禹只好妥協。

不過他嘴上還是不饒人。

「想當初，你還那麼小的時候，可乖巧聽話了。」白商禹在腰部跟胸口之間比劃著商陸當初的身高，「沒想到才幾年過去，我那個乖巧、可愛的小商陸變成這副模樣，連老師都要管！嗚嗚嗚老師好傷心、好難過……」

「……我也很想知道，為什麼才短短幾年沒見，我成熟、穩重的白老師怎麼就不見了？」商陸回擊道。

「孽徒！老師明明在這裡！」白老師豎起食指狠狠地戳了他肩膀兩下。

「不，眼前這位明明是喜歡耍賴的白五歲小朋友。」商陸調侃道。

「我要是五歲，那你只有三歲！」

「咪嗚？年齡可以隨便改嗎？」看著兩人鬥嘴的花寶恍然大悟，「那、那花寶要一百歲！你們要叫花寶『奶奶』！」

在紀念館待久了以後，花寶跟幽靈教師們學會了很多新詞彙，像是爺爺、奶奶、伯伯、叔叔、阿姨……

這些詞彙在她過往的生活中都是沒機會學習和使用到的。

商陸的生活環境簡單，就只有他和大白，彼此間都是直接喊名字，而歐貝拉爾族的親屬關係和稱謂沒有人類複雜，除了爸爸、媽媽這樣的稱謂之外，其他的男性長輩都是喊「歐格」、女性長輩一律喊「歐姆」。

接觸到人類親屬稱謂後，花寶才知道，原來人類的親屬關係這麼複雜！

她都學迷糊啦！

磕磕絆絆地學習一通後，小花寶迷迷糊糊地理解了，「爺爺、奶奶」是最年長、等級最高、最受尊敬的人！

頭髮花白、拄著枴杖到處走的潘教授，就是「爺爺」等級的大人物！所有人都對他很尊敬！

在年幼的花寶看來，受人尊敬是跟「強大」劃上等號的。

她最初接觸的歐貝拉爾族就很尊敬他們的族長，而且族長也是族裡最強大的幻靈！

花寶很崇拜族長，也想要變成最強大的契靈！

「咪嗚！花寶變奶奶囉！花寶變厲害了啦啦啦！花寶寶好厲害噠噠噠……」

花寶開心地指揮著小雲朵轉圈圈，嘴裡哼著她即興創作的歌曲。

「……沒想到這個小傢伙的心這麼大，一下子就把自己漲輩分了！」

白光禹和商陸無奈又好笑地看著她。

「商三歲小朋友，你看看你，都把孩子帶壞了！」

白光禹老師義正詞嚴地控訴，將黑鍋扔給商陸，並成功收穫後者的一記白眼。

「花寶，我跟老師只是在開玩笑。」商陸按住正在轉圈的花寶，開口解釋，「年齡不可以拿來玩。」

「咪嗚？為什麼？這個遊戲只有你們可以玩嗎？」

花寶歪著小腦袋，一臉茫然地看著商陸。

「不是……」

商陸耐心地向花寶解釋，希望她可以理解「開玩笑」跟遊戲的區別，只是花寶聽完以後還是懵懵懂懂，只是模糊地知道「年紀改了她也不會變強」這件事。

「咪嗚，花寶想要快快長大，要變強！」花寶揮舞著葉片手臂，激動地說道。

「行！我幫妳安排訓練課程。」商陸答應得爽快。

他原本還想讓花寶再玩一段時間，度過快樂的「童年時光」，既然花寶這麼勤奮上進，他當然也不能耽擱了自家小契靈。

04

寒假才剛放幾天，商陸就被白光禹踢去秘境了。

美其名曰：補充研究物資。

實際上是商陸管白光禹管得太多，經常在白光禹的「藥膳果凍研究」中插手，不讓他這麼做、不讓他將某些食材和藥草混合，還經常用著溫和卻有些陰陽怪氣的語氣諷刺他，叫白光禹先去學習烹飪再來進行製作。

好脾氣的白光禹老師可以忍受徒弟的「叛逆」，卻不能忍受他對他廚藝的詆毀！

「當初煮飯給你這個臭小子吃的時候，你每頓飯都吃得精光！每次執行完任務後，你就打電話跟我點餐！還說我煮的料理是世界第一的好吃！現在竟然敢說我做的料理難吃？」

「我……」

商陸想解釋，怒氣衝天的白老師不給他這個機會。

「你的廚藝還是我教的！現在竟然敢嫌棄我？孽徒！」

白光禹揮舞著手上的平底鍋，憤怒地控訴，恨不得將平底鍋拍到商陸的腦袋上！

「要是當初我沒當老師，我是要去當廚師的！我家人跟朋友都說我有廚神天賦！」

說實在的，白光禹老師的烹飪水準確實很好，堪比五星級飯店的專業大廚！

只是也不曉得為什麼，廚藝很好的白老師，在研究藥膳的時候，竟然能用一手好廚藝做出恐怖至極的黑暗料理！

這種情況不是應該發生在廚房小白的身上嗎？

為什麼廚藝精湛的白老師會有這種狀況發生？

簡直是「白老師的七大不解之謎」！

因為忍受不了孽徒商陸處處妨礙自己的藥膳果凍研究，白老師假藉「材料缺乏」之名，給了他一份長長的材料單，將他趕去秘境收集材料。

為了怕他半路逃跑，白老師甚至一路「護送（押送）」他到車站。

「沒收集完之前不准回來！」

白光禹老師站在月台邊，嚴肅地叮囑道。

「……」商陸嘴角微抽，很是無奈地說道：「老師，距離開學也只剩下十一天，我總是要回來上課。」

「沒事，你的課我替你上！」白光禹很是豪邁地回道。

「你自己不也有課嗎？」

學校開學後，這些英靈教師們也會重返課堂，開啟教學課程。

校方為了表示自己對英靈們的尊重，上課的課程內容和時數全由他們自己安排，教師們也按照自己的規劃，給出了不同的課程時間表。

身負多項研究任務的教師，只開了一個月一到兩次的公開課，而沒有研究任務或是研究項目不多的教師，則是給自己定下延續一整個學期的選修課程，每週一、兩堂。

白光禹屬於後者。

「我跟你的課沒有重疊，可以兼顧。」

白光禹以前的課堂時間很滿，一週要上十堂課，假日甚至還要補課，跟過往一比，現在一週只需要上兩堂課，加上商陸的也只是再追加兩堂，課表相當輕鬆。

「記住了！沒有收集完材料就別回來了！」

白光禹老師一把將商陸和大白狼推上前往秘境的高速列車，轉過身，他又一臉捨不得地跟花寶道別。

「親愛的花寶小朋友，妳真的要跟商陸去秘境嗎？留下來陪我不好嗎？」白老師柔聲細語、可憐兮兮地央求。

「咪嗚，老師乖乖喔！花寶去幫你收集材料，你在學校乖乖等我們回來。」

小花寶用葉片小手手摸了摸白光禹額前的頭髮，去秘境的心堅定不動搖。

「花寶寶……」

白老師委屈，白老師扁嘴，白老師捨不得可愛的小花寶。

「老師乖，花寶會收集好多、好多、好多的食物給你！」

花寶揮舞著葉片小手手，給白老師畫著大餅。

發現沒有辦法說服花寶，白光禹只好開始叮囑她一些注意事項。

「去了秘境要多加小心，遇到危險就躲商陸跟大白後面，不要傻傻的往前衝……」

「咪嗚！我要保護商陸噠！」

「妳還小呢！保護什麼？商陸有大白保護就行了，小契靈就該躲後面，要保護好自己，知道嗎？」

「咪嗚，我、我也會努力訓練、變膩害噠！」

小花寶不服氣地揮舞著葉片小手，為自己加油打氣。

「我知道，花寶以後肯定會變成很厲害、很厲害的契靈，可是妳現在還小啊，小契靈就該被人保護，所有小契靈都是這樣的！」

白光禹摸摸小花寶的腦袋，笑嘻嘻地誇讚道。

「在秘境裡面會很辛苦，花寶現在還小，不要勉強自己，覺得累了就跟商陸說，知道嗎？」

「咪嗚！知道噠！」

「乖。」白光禹滿意地點頭。

他看了一眼時間，發現列車發車的時間已經到了，只能催促著花寶上車。

「列車要開了，花寶快上車吧！我在學校等妳回來。」

「咪嗚！老師再見！」

花寶朝他揮揮小手，指揮著小白雲飛進列車，降落在商陸的頭頂上。

「你們兩個，記得要保護好小花寶！」

對著商陸跟大白狼，白光禹的語氣就嚴肅許多。

「要是花寶有一絲一毫的損傷，你們兩個就給我等著！」白老師指了指一人一狼，語氣不善地威脅。

「嗷！」

大白狼威風凜凜地應了一聲，絲毫不覺得白老師這麼交代有什麼不對。

他比花寶厲害、戰鬥經驗比花寶豐富，本來就該由他來保護花寶。

更何況，也沒有人會那麼喪心病狂，讓一個才剛出生不到一年、實力只有初級的小寶寶去戰鬥！

05

他們搭乘的秘境列車是高速車次，中間只停靠五個大站，速度也比一般列車快。一般列車需要六、七個小時的車程，他們只用了一小時又二十分鐘就抵達。

列車外的月台處，人潮眾多，全都是準備搭車和剛剛到站下車的旅客。

放眼望去，眾人的衣著打扮大致可以分成兩大類，一是穿著戰鬥系服裝、身旁跟著契靈的人；二是身上背著大包小包、穿著日常服裝的人，這群人都是想到秘境周圍的駐地打工和跑商貿易的人。

戰鬥人員的裝備顏色以鮮豔的顏色或是黑、灰色為主，這樣的配色為的是在秘境走丟、遇難或是昏迷時，能夠第一眼就被人發現並救出。

這些穿著戰鬥服裝的人，有的是前來秘境實習的學生、有公家機關成員、民間公司企業培育的人才、傭兵團團隊，還有獨自進入秘境或是三五好友一同組隊的冒險者。

看著眼前熟悉的熱鬧景象，商陸覺得像是回到了自家後花園。

在他還沒有正式成為巡夜人時，他經常跟著白老師和學長、學姐們到秘境進行訓練。

眼前的「迷夢秘境」因為距離北安契靈師大學近，是北安學生進行訓練的首選秘境之一。

商陸對這裡相當熟悉，即使已經經過多年，他依舊可以不用看地圖就能畫出秘境裡的大致地形。

心底雖然是這麼想，但商陸還是在列車站的商店買了最新版本的紙本秘境地圖和電子版地圖。

秘境之所以被稱為秘境，是因為它不僅僅是一個單獨的小世界，還帶有特殊的神秘色彩！

秘境跟外界差異最大的地方在於——秘境裡，不只生物族群會到處遷移，它的地域版塊也是會變動的！

今天你看到這個湖泊在東邊，可能幾個月後它就「跑」到西邊去。

今天的草原一望無際，明天可能就出現一座山、一汪大湖或是一個神秘又古老的遺跡！

這樣的變動對於進入秘境中探險的人來說，都是危險又致命的！

就拿最基本的「逃跑」來說，熟悉環境的人會構思一條至多條的「求生路線」，遇到危險時就順著路線逃跑。

但是要是環境或是種族的地盤更動了，逃跑的路線中出現阻攔，這條求生路很有可能就會變成直通地獄的道路，不能不慎重以待！

所以秘境地圖年年更新，年年都會有人購買。

不少嚮導都以觀察和繪製秘境地圖作為副職業，每年都靠著販賣地圖增加收入。

各間公司出品的地圖大同小異，但是側重點並不相同，有的對於生物地盤的描繪較為精準；有的對於某一地區的地形地貌掌握準確；有的會附加上各種小情報；有的會標記各種資源的價格……

來這裡收集物資的商陸，購買的是對於地形地貌描繪精準的地圖。

他不賣東西，不需要知道當前的物價情況；北安契靈師大學設有情報庫，秘境的情報可以從裡頭找；其實地圖也可以不用買，學校的資料庫裡也有地圖，不過商陸還是買了一份，用來跟學校的資料庫地圖進行對照，看看雙方有沒有差異。

商陸沒有急著進入迷夢秘境，而是來到商榮集團旗下的旅館辦理入住。

身為老闆的他，住的當然是最高級、最寬敞、隱私性最好，還配備了專屬管家的頂級套房！

他花了點時間進行地圖對照、標記出材料位置、規劃了行進路線、預留天數和物資，做足了秘境行程的事前準備。

完成所有規劃後，他將裝備名單發給管家，讓對方幫忙進行採購。名單上的物資在一小時內就被送到房間，效率高超。

不過商陸沒打算當天就進入秘境。

現在的時間是下午兩點多，要是今天就進入秘境，走不了多久就必須紮營休息，與其這樣，還不如休息一天，好好養足精神，明天一大早再進秘境。

商陸清點和檢查管家送來的裝備物資，並按照自己的習慣收拾妥當後，時間也已經來到下午三點四十分。

「大白、花寶，要不要出去逛逛？」

商陸看著正在套房客廳處看電視的兩隻契靈，笑著開口邀約。

「咪嗚！好！」

「嗷！」

正無聊地看電視打發時間的兩隻契靈，立刻起身應和。

先前看電視的時候，大白狼跟花寶說了很多駐地的趣事和好吃的食物，敞開的窗戶更是傳來熱鬧的笑鬧聲和誘人的食物香氣，花寶的心早就被外面的動靜勾走了。

要不是知道商陸正在忙正事，她早就纏著商陸出門了！

第二章

開啟秘境之旅

01

迷夢秘境的駐地相當繁華，這裡有名牌入駐的商店街、各式各樣的裝備維修店、醫院，和因應民生需求產生的店家，儼然就是一個五臟俱全的小鎮。

迷夢秘境之所以被稱為迷夢秘境，是因為這裡有不少精神系和幽靈系的幻靈。眾所皆知，這兩系的幻靈最擅長的就是精神控制、幻境、夢境這類技能，而這些幻靈生活的地方，也會生長許多同屬性的特殊植物，這就是迷夢秘境這個名字的由來。

靠山吃山、靠海吃海。

迷夢秘境是出產精神系、幽靈系幻靈和相關資源的大戶，位於這座秘境周邊的駐地自然也是以販售這兩系的資源為主。

「迷夢菇！好吃的烤迷夢菇！吃了以後心情舒暢！紓解壓力！」

路邊的烤香菇攤販一邊烤著淺紫色的迷夢菇，一邊高聲招呼著客人。

迷夢菇是迷夢幻境的知名特產，迷夢菇在秘境裡頭處處可見，這裡的居民每天都會進入秘境採集迷夢菇販賣，是居民們的主要營生項目之一。

迷夢菇本身無毒，味道鮮美，但具有輕微的致幻作用，吃了以後會觸發「小人跳舞」、「天使唱歌」等幻象，會有一種喝醉酒的醺醺然，但是它並不會令人上癮，而且致幻作用會被身體快速代謝掉，所以經常被用來作為心理治療和紓解壓力的輔助藥品。也是經常進出秘境的戰鬥人員最愛的紓壓品，街上的人幾乎人手一串烤迷夢菇。

「咪嗚！想吃！」

花寶被烤迷夢菇的香氣饞得直流口水。

「不行，小孩子不可以吃那個。」商陸斷然拒絕。

雖然烤迷夢菇無毒，味道又很鮮美，可是就像大人不會讓孩子喝酒一樣，商陸也不會讓花寶吃它。

雖然說致幻作用會被身體代謝掉，可是萬一呢？

萬一花寶年紀小、代謝能力不夠強大，沒有代謝乾淨呢？

萬一這路邊攤的衛生不好、食材不乾淨，孩子吃壞了肚子呢？

萬一有這樣那樣的意外情況發生呢？

商陸可以保證，要是讓學校裡的幽靈教師們知道他讓花寶吃烤迷夢菇，那群老師肯定會將他轟出紀念館，不讓他再接近花寶！

「咪嗚，肚子餓……」花寶摸著小肚子，可憐巴巴地看著商陸。

「花寶吃餅乾好不好？」

商陸從背包裡取出自製的果醬餡奶油餅乾，這是花寶近期愛吃的口味。

「……」

小花寶看著路邊琳瑯滿目、五顏六色、看起來就很好吃的美食，又看了看眼前樸實無華、連香氣也很淡的小餅乾，她遲疑了一下，而後露出恍然大悟的表情。

商寶肯定是吃醋了！

一定是因為我想要吃外面的食物，商寶覺得我不愛他了，不吃他做的食物了！

不行，不能讓商寶傷心！

花寶心裡這麼想著，葉片小手接過餅乾，大口大口地吃了起來。

貼心的花寶在吃完餅乾後，還抱著商陸的臉貼貼，鼓勵了他一番。

「咪嗚！商寶棒棒噠！商寶的餅乾最棒噠！商寶煮的菜菜都很好吃噠！」

莫名收穫到花寶「愛的貼貼」的商陸，從花寶的表情和話語判斷，就猜出這個小傢伙在想什麼，他笑了笑，也沒有否認。

只要能讓小傢伙不亂吃街邊的東西，他就算在花寶心中形象有些微受損、被當成是玻璃心的大人也無所謂。

商陸拍了拍自己的肩膀，示意花寶坐著她的小雲朵到他的肩膀上。

等花寶坐定位後，商陸這才低聲與她交談。

「花寶，路邊的東西都不衛生，吃了肚子會痛痛，我帶妳去我最喜歡的店吃飯，他們家的東西非常好吃。」

「咪嗚！好噠！」花寶開心地點頭，又抱著商陸的臉貼貼，再次誇讚道：「不過花寶還是最喜歡商寶寶煮的飯飯！商寶寶是最棒噠！」

對於花寶稱呼他「商寶寶」，商陸只能習以為常地笑笑。

以前花寶說話雖然不俐落，卻是相當清晰，沒有疊字的習慣，可是自從她跟幽靈老師們相處後，老師們總是會用跟小孩子說話的腔調與她交談，使用諸如「吃飯飯」、「飛高高」、「花寶寶」、「棒棒噠」、「好膩害」這類的詞彙，成功帶歪了花寶的說話清晰度，讓商陸很是無奈。

雖然商陸多次矯正，可是他勢單力薄，實在敵不過眾多幽靈老師。

算了，等開學以後，老師們開始教書上課，跟花寶相處的時間少了，花寶應該就會慢慢糾正過來……大概吧？

商陸想到他教導的那些學生，似乎也很喜歡用哄小孩的語氣跟花寶說話，他突然就對糾正花寶的說話習慣沒了信心。

「咪嗚？江海！商寶寶，是江海海！」

花寶雙手捧著商陸的臉，試圖將他轉向江海的位置。

商陸順著花寶的力道轉過頭，見到街道前方不遠處，江海站在一間老餐館前對著鏡頭說話。

江海身邊圍著幾個人，兩名攝影師舉著樣式不同的攝影機拍攝江海，一名導演正跟企劃嘀嘀咕咕、寫寫畫畫，在記事本上記錄著內容。

還有一人是以採訪者的身分站在江海身旁，時不時地提問搭腔，引導著話題。

商陸不想打擾對方，可是江海的位置就在他要帶花寶用餐的餐館前，江海和他的三隻契靈正好擋住進門路線，他根本沒辦法從旁邊繞過去。

「咪嗚！江海海！黑虎虎、小樹樹、幻蝶蝶！」

花寶開心地朝他揮著葉片小手手，並飛向了三隻契靈。

「吼……」

站在江海身邊護衛的黑虎沒有動彈，只是甩了甩尾巴，跟花寶打了聲招呼。

小樹人跟幻影蝶直接拋下鏡頭，跑向了花寶。

「樹！花寶怎麼在這裡？」

「蝶蝶！花寶，你們來秘境玩嗎？」

「咪嗚！我跟商陸來秘境收集材料！你們呢？怎麼會在這裡？」

「樹！我們也是來秘境玩，樹樹！」

小樹人開心地揮舞著枝枒，比起城市，他更喜歡秘境，來到秘境就像回家一樣！
不只是小樹人，大多數幻靈、契靈都是這樣想的，只有少數在城市中誕生的幻靈會偏愛城市的環境，其餘幻靈都是更加喜愛自然資源豐富的秘境。
隨著契靈們的行動，江海和拍攝小組的注意力也轉移過來。

02

「欸嘿！商老師，你怎麼來了？學校的事情忙完了嗎？」
江海笑著向他揮手，臉上的笑容比之前一板一眼的公式化微笑更顯真誠。
「馬上就要開學了，我趁著寒假來找一些材料。」
商陸輕描淡寫地回答一句後，舉起手、虛握成拳，跟江海拳頭對著拳頭輕擊。
他的回答聽起來跟實際情況差不多，但是話中卻存在著誤導性，會讓聽到的人以為他是特地跑來收集上課用的教材的。
江海顯然也是這樣以為，笑著誇讚了一句。
「你還真是盡職，不愧是商老師！」
商陸笑了笑，看了一眼正對著他拍攝的攝影機。

「你呢？來這裡做什麼？」
「上面給的任務，進入秘境拍攝節目。」江海回以苦笑。
「拍紀錄片？」商陸猜測地問。
「不是。」
「商隊、不、商總、商老師……」
身材高大健壯、膚色黝黑的導演有些緊張地迎上前，嘴裡一連改了三個稱謂。
沒辦法，誰讓商老師的身分多，而且這三個身分都有相當的身分地位呢？
最後，導演選擇了商陸現在的職業。
「商老師您好，我是《秘境與我》的導演，您叫我老羅就行了！」
「羅導演您好。」商陸客氣地回以微笑。
「您好、您好！」羅導笑得熱情又有些諂媚，「我們這個節目是跟巡夜人合作的真人實境節目，我們每一集都會邀請不同的來賓進入不同的秘境，來賓會在秘境待兩個星期，向觀眾介紹和分享他們的秘境知識跟生存心得，讓想要進入秘境的契靈師和一般觀眾能對秘境有多一些的了解，是一個讓觀眾了解契靈師和秘境的節目……
「《秘境與我》沒有任何劇本，在秘境裡頭的所有規劃和安排都是由當期的來賓決定和主導，為了證明節目的真實性，我們全程採用直播方式進行。當然啦！洗澡跟上廁所這類隱私活動鏡頭會自動迴避，不過晚上睡覺我們會繼續拍攝，這也是為了預防意外狀況發生……」

「全程直播？」商陸眉頭一挑，看向了鏡頭，眸光顯得有些銳利。

被商陸的視線震懾了一下，羅導以及正拿著攝影機拍攝的攝影師都被嚇到，攝影師還悄悄地後退一步。

商陸收斂了眼神，露出跟白光禹老師有些相似的微笑，語氣溫和地說道。

「別緊張，我又不吃人。」

「是是是，我們不緊張、不緊張、沒有緊張……」

嘴上說著不緊張的老羅，手心卻是直冒汗。

老羅知道能當上巡夜人隊長的人肯定不簡單，可是他也沒有想到對方一個眼神就能把自己嚇住了！

老羅拿出手帕擦去臉上的冷汗，笑容顯得有些僵硬。

這細節被觀看直播的觀眾發現，紛紛在直播間發出大笑和唯恐天下不亂的發言。

「哈哈哈哈第一次看見老羅有這麼慫的時候！」

「哇喔！商隊剛才的眼神好霸氣！我有被他的眼神刺中的感覺！」

「傳說中的眼神殺人技！」

「老羅！上啊！怕什麼？下輩子仍然是一條好漢哈哈哈哈哈……」

「老羅不是號稱天不怕地不怕嗎？之前還直接硬槓某小鮮肉，跟他在網路上吵架呢！現在竟然就怕了？哈哈哈哈哈……」

老羅導演是一位觀眾緣相當好、人氣相當高的綜藝導演，他拍攝的每一部綜藝都很火爆，碾壓同期其他綜藝，只要一聽說他有新綜藝要開拍，投資商、廣告商就自動捧著錢跑來！

而觀眾們只要是看到綜藝節目的宣傳掛上老羅的名字，肯定會收看這個綜藝，對他的信賴度相當高。

老羅導演家裡有錢，不缺拍攝和投資的資金，本身又有才華，說話自然相當硬氣，見到看不慣的事情還會在網路上砲轟，前段時間他才跟某位拍戲不敬業的小鮮肉吵了一架，小鮮肉發動他的粉絲攻擊老羅，老羅就在網路上跟粉絲們吵了好幾回。

觀眾們對他的印象就是有原則、講義氣、脾氣好，但是一踩到他的底線就會瞬間爆炸，從沒見過他有這麼慫的時候。

「不能不怕啊！這位可是商榮集團的商總裁！老羅要是敢跟他槓上，信不信明天老羅就收到律師信了？啊哈哈哈……」

「呵，說穿了就是欺軟怕硬唄！見到有錢人就拍馬屁，嘖！」

「又來了、又來了！某小鮮肉的粉絲又來造謠抹黑了！」

「煩不煩啊！就不能讓人好好看個直播嗎？直播間的管理呢？快把人踢出去！」

「馬的！前幾期的來賓都被他們黑了！他們在直播間截圖以後胡亂編故事，讓不知情的網友以為前幾期的來賓沒有實力，老羅胡亂選人……」

「要是敢黑我家江隊、商隊，老娘就召集其他人滅了你們！」

「別以為我家兩位隊長沒有粉絲，他的粉絲不是你們那個宣傳吹捧出來的哥哥能比！」

「我是律師，請大家幫忙注意一下，要是有人在直播間或網路黑商隊跟江隊，請截圖留證據給我，我會聯繫當事人提告！」

「沒問題！我肯定盯著！」

「商隊跟江隊在大戰期間跟其他幾位英雄組成『斬首小隊』，小隊直接衝進怪物軍團後方，對怪物首領進行斬首行動！也是因為他們，深淵大戰才能這麼快就結束，要是有人敢黑他們，老子第一個不放過！」

「我覺得這群腦殘粉沒那個膽子，江隊和商隊代表巡夜人和商榮集團臉面，他們要是敢造謠抹黑，法院傳票等著他們！」

「你都說是腦殘粉了，還認為他們有智商？」

「某浩的粉絲惡臭，某浩的人品也很差！明明是去拍戲工作的，卻完全沒有敬業精神，隨隨便便敷衍了事，拿著全劇組最高的片酬混水摸魚，換成我我也會生氣！」

「是啊，那位小鮮肉的片酬可是有八千萬！女主角的片酬只有他的三分之一！」

「胡說什麼！我家哥哥的演技可好了！不然導演也不會找他去拍戲！」

「呵呵，人家導演原本要的男主角不是他，妳家哥哥是被金主硬塞進去的！」

「我家哥哥都在拍攝中受傷了，導演一點都不在乎藝人死活，還硬要他繼續拍攝！這種無良導演就該抵制！退出演藝圈！」

「前面那位粉絲，妳說的『受傷』是指小鮮肉走路不小心平地摔，抱著膝蓋喊痛，結果檢查過後發現膝蓋只是擦傷一點點，連血都只冒了幾滴，妳家哥哥卻哭喊著要叫救護車的那件事嗎？」

「媽呀！才摔一下就說不能繼續工作？之前我兼職送外賣的時候，下雨天機車打滑，我摔得皮破血流，也還是把血擦一擦，爬起來繼續送貨！直到把工作完成才去包紮傷口！」

拍攝那部劇的導演是老羅的好友，當天老羅跑去探班，親眼見到小鮮肉在片場的各種騷操作，把他氣得當場破口大罵。

按照老羅的個性，這件事情罵完也就過去了，結果當天晚上，小鮮肉在網路上發出委屈言論，煽動自己的粉絲來討伐老羅，這場罵戰才會這麼爆開。

最後的結果就是，暴脾氣的老羅直接砸錢給劇組投資，踢了那位小鮮肉以及他背後的金主，找來一位演技更好、更符合劇中男主形象的演員，讓圍觀的網友一陣叫好。

整起事件中，唯一不滿的就是那位小鮮肉和他的粉絲了。

這也就造成了，那位小鮮肉的粉絲經常跑來老羅的綜藝直播搗亂，發一些「為了槓而槓、為了黑而黑」的無腦發言，導致那位小鮮肉的路人緣更壞了。

「拜託不要把所有粉絲混為一談，不是所有粉絲都像某浩的粉絲那樣，大多數都是很理智、很守規矩的！」

「一顆老鼠屎壞了一鍋粥啊！我自己也有追星，也有加入某家男團的粉絲後援會，後援會的粉絲們追星都很理智，偶像們的性格很好，工作、表演都很努力！」

「因為某浩跟他的老鼠屎，我現在都不敢跟人說我是某偶像的粉絲，怕被當成腦殘粉。」

「嘖！聊回老羅這裡吧！別提那個小鮮肉了，別給他製造話題熱度！」

「某浩的粉絲肯定是看老羅的節目現在的熱度很高，故意跑來碰瓷蹭熱度的！」

「粉什麼小鮮肉啊？粉江隊跟商老師不好嗎？這兩個人要顏值有顏值、要身材有身材，有車有房有存款，戰鬥力驚人，讓人很有安全感，妥妥的優質老公／男朋友人選啊！」

「我愛商男神！自從商榮集團推出淨化藥拯救了我爸爸以後，我們全家就是男神的粉絲了！」

「商總人真的很好，不只研究出淨化藥劑，還做了很多慈善，幫助那些在大戰中犧牲的英雄家人！」

「我家裡窮，考上大學也沒錢念書，後來就是靠著商榮集團的獎助學金、資優生獎勵金、勤學獎金這些，我才能順利進入大學學習的！」

「商榮集團的助學金真的很棒！獎勵的項目非常多，而且只要你符合資格就可以領，沒有任何限制！不會出現領了這個就不能領另一個獎勵的情況！」

「對！我有個親戚，家境不好，可是孩子很會念書，他就是靠著商榮集團的各種獎助學金和比賽獎金上學。聽他說，那些獎金扣除掉學雜費和生活費以後，剩下的獎金還能供應弟弟、妹妹念書！」

觀眾們熱熱鬧鬧地分享著自己親歷或是聽來的商老師善舉，為他大肆宣傳了一波，而在鏡頭前，老羅也正積極遊說商陸加入這次的直播拍攝。

「我聽說商老師跟江隊長是好朋友，在大戰中兩人還是並肩作戰的好隊友，真的是英雄出少年，我真的十分敬佩……」

「行了，老羅，你想做什麼就直接說了吧！」

江海見羅導演一副遮遮掩掩、另有所圖的模樣，直接開口打斷，讓他說重點！

江海深知商陸的個性，他雖然還有商人這層身分，卻是最不耐煩商場上拐彎抹角的那一套。

有事就直說，能答應的他會答應，不願意、不樂意、不喜歡的，就算拿槍指著他的腦袋他也不會去做！

要不是這幾天相處中，覺得老羅的性格不錯，江海也不會開口幫他。

老羅咧嘴一笑，爽快地說出想法。

「我想要邀請商老師擔任特邀嘉賓，跟江隊一起進行直播。」

商陸還沒回答，江海就先一步叫嚷出來。

「老羅啊，你這就不對了啊！你也不看看我們商老師是什麼身價！一個邀請就把人拐進節目裡？」

江海搭著商陸的肩膀，一個一個介紹商陸的功績。

「前巡夜人團隊隊長，在任期間，他所立下的各種功勞紀錄至今仍然沒有人能打破！「商榮集團的大老闆，他舉辦的各種慈善活動、捐款、資助計畫就不說了，光是淨化藥劑的研發就是一件大功德！

「還有北安契靈師大學戰鬥系老師，為國家、為社會培養優秀的契靈師人才，盡心盡力、勤勤勉勉，甚至還親自跑來秘境找尋教材給學生！

「這幾個身分，隨便一個都要不少的出場費，你就這麼一句口頭邀約就想白嫖啊？你也想得太美了吧！」

「沒沒沒！我哪敢讓商老師做白工啊？要是讓商老師打白工，我不被他的粉絲罵死才怪！」

老羅笑嘻嘻地搖手，說出自己還沒說完的話。

「我知道商老師來秘境是有自己的事情要忙，所以也不要求商老師待滿兩星期，就請你們相處三天、五天或是十天都可以，時間隨便商老師安排，兩位可以在秘境裡頭回憶一下過往，讓喜歡你們的觀眾們看看你們私下相處的情況，了解巡夜人的日常行程……

「至於邀請費用……」老羅瞇著眼睛，故意停頓幾秒，製造懸疑，「鏡頭前說這個不方便，我們私底下談啊，反正絕對不會讓商老師吃虧的！我們這節目投資商很多！不缺錢！」

老羅豪邁地拍著胸膛，霸氣十足，一副「老子有錢隨便花」的態度。

最後，在老羅的舌燦蓮花跟江海的推波助瀾中，商陸同意了《秘境與我》節目組的邀約。

而商陸的臨時加入也迅速在網路上傳開，為《秘境與我》這個原本就很熱門的綜藝做了一次免費的宣傳。

03

隔天早上六點半，《秘境與我》直播準時開啟。

「大家早啊！我叫做江海，巡夜人南隊隊長，也是《秘境與我》的第四期來賓！我將要在迷夢秘境裡待上兩個星期，帶大家一覽迷夢秘境的風光！」

江海精神奕奕地出現在鏡頭前，向湧入直播間的觀眾們打招呼，並流暢地說著開場白。

「我還以為大家早上起不來，沒想到來看直播的人還挺多的，有十五萬八千多人呢！不錯！早睡早起精神好！」

江海湊近了螢幕，看著上面跳動的人數，隨便挑了幾個留言回答。

「你們也早啊，吃過早餐沒？還沒啊？那還不快去吃！

「我？我已經吃過了，旅館供應的早餐吧很不錯，五種主食、十樣配菜，還有湯、點心、當季新鮮水果、無限暢飲的飲料……非常豐盛！」

江海咂巴著嘴，回憶著美味又豐盛的早餐，滿足地拍了拍飽足的肚子。

「啊？你們覺得少？比城裡的飯店早餐吧少？

「喂喂，你們也不想想這裡是哪裡！這裡是秘境外的駐點！這裡是秘境外的第一道防線！每天往來這裡的車輛都是有管制的，送進來的食材、儀器、家電、各種物資都還要先進行檢測，確定不會對秘境和周圍環境造成污染或破壞才能送進來……」

江海巴啦巴啦地說了一堆，總結下來就是：「在這種鳥地方，早餐能夠吃得這麼豐盛就已經很好了！」

對秘境不了解的觀眾，大多都將秘境當成是契靈師和傭兵、探險家尋寶發財的地方，對於秘境裡頭的險惡一無所知。

其實秘境裡頭並不和平，這裡除了有親近人類的幻靈之外，還有殘暴的兇獸存在！而秘境外的駐點，最早期就是用來防禦兇獸走出秘境，跑進人類城市攻擊人類的第一道防線！

在大戰結束後，駐地才慢慢變得有生活氣息，開始有一般民眾、商人往來工作。秘境現在雖然對外開放許多，但是仍然處於半管制的狀態中——危險等級處於低等級的秘境，一般人只要經過申請就能自由進出，而危險等級高的秘境，就需要符合相關資格才能通行。

「秘境的分級？」江海看著直播留言的提問，笑容燦爛地回道：「秘境一共劃分為十個等級，分別是一級到九級以及特級。一級秘境的危險程度最低，適合新手和學生，九級最高，特級又被稱為『無人區』、『禁區』，就算是非常厲害的資深契靈師也不敢進入，那裡面幾乎是十死無生。

「嗯？禁區跟深淵裂縫哪個厲害？這我怎麼知道？」江海撓撓頭，「我雖然進入過深淵裂縫，但是那也只是在深淵邊緣，又沒深入過，禁區我就更加沒有去過了。」

「深淵裂縫已經完全封閉了嗎？會不會再度開啟？」

唸出這個問題，江海的笑容微斂，神色凝重。

「深淵大戰已經結束，深淵裂縫也確實關閉了，至於會不會再度開啟……」這個問題讓江海露出苦笑，「我很想說不會，但是根據科學家的研究，深淵裂縫的開啟是有一定規律的，差不多五、六百年一個輪迴，所以它很有可能再度開啟，未來也很有可能會迎來另一場深淵大戰。」

江海用著「很有可能」的不確定語氣，其實內心是篤定的。

「……為什麼不封印或是派人駐守？」看見這個問題，江海面露苦笑，「裂縫附近確實有軍隊駐守，但是深淵裂縫開啟的位置並不是固定的，很可能這一次在東邊開啟，下一次就跑到南邊去了，並不是駐守就一定能觀測到深淵開啟。

「至於封印……目前還沒有研究出能夠封印虛空裂縫的物質，只能期待研究院以後能有進展了。

「往好的地方想，至少下次大戰是五、六百年以後，那時候我們都不在了……」

深淵大戰僅僅結束三年，照理說眾人對於大戰的印象應該非常深刻，對深淵的印象相當鮮明才對。

其實不然。

並不是所有城市都經歷過深淵怪物的侵略，有些幸運的城鄉位於安全地區，這裡的居民頂多遭遇幾隻誤闖的深淵怪物，沒有受到真正的戰火侵襲，如此一來，他們對於深淵大戰的印象，就只有從新聞媒體和網路上得到。

而為了不造成太大的恐慌，新聞和相關資訊的傳播是被過濾過的，部分訊息不會曝光人前，只會被當成研究資料或檔案收集起來。再加上大戰過後，聯盟為了消除民眾的心理壓力，用各種娛樂和民生新聞遮蓋深淵大戰的消息，民眾對於深淵大戰的認知就變得模糊不清了。

江海在前來拍攝節目前，也被上級叮囑過，叫他「斟酌透露的資訊」，所以他只是簡單說上幾句就轉移了話題。

「迷夢秘境原先的等級是五級，後來因為高度開發，評判機構認為它的危險程度已經大幅降低，所以去年將迷夢秘境的等級調降為四級，不過我覺得迷夢秘境被低估了。」

聽江海這麼說，觀眾們也很捧場，紛紛留言詢問為什麼。

「很多人都說，迷夢秘境已經被開發得差不多了，探索程度高達百分之七十八，地圖、秘境攻略以及各種秘境相關的裝備都很齊全，迷夢秘境已經不太危險了……」

江海簡單地講述了迷夢秘境之所以被定義成四級的原因。

「可是，迷夢秘境真的被開發了百分之七十八嗎？」

江海的話音停頓幾秒，讓觀眾們順著他的提問思考。

「迷夢秘境是一個很特殊的秘境，裡頭的幻靈除了常見的秘境幻靈之外，還有許多精神系和幽靈系幻靈。

「精神系跟幽靈系幻靈相當神秘，目前培育師和相關研究人員對這兩種系別的幻靈研究，仍然存有大片空白……

「幽靈系跟精神系幻靈的生活環境相當特殊，領地會覆蓋一層具有隱藏效果的特殊磁場，契靈師很難找到他們的領地。我曾經誤打誤撞地進入一個精神系幻靈族群的地盤，那裡跟外界的環境截然不同，外面是寒風瑟瑟的秋天，那裡面卻是溫暖如春……」

江海回憶著那次難得的珍貴經驗，在幾個形容詞彙之間挑選了一下。

「簡直就像是另一個世界。

「我說的『另一個世界』不是指罕見的、特殊的風景，當然，那裡確實很特殊，我說的另一個世界就是字面意義的『另一個世界』，你們能明白嗎？」

江海歪了歪腦袋，試圖將自己的想法描述得更加清晰。

「就像秘境裡頭套了一個小秘境、小世界一樣。

「我們契靈師對秘境有一個形容詞——『秘境是活的』！秘境裡頭的環境會隨機改變，有時候會突然冒出以前沒見過的古蹟、天坑、山林……

「很多研究學者會將秘境當成活物看待，認為秘境就像一個母親，她擁有自己的性格和喜好，而她的性格，或者說是屬性，會導致她所孕育出的生態環境的區別……

「很多人都以為，秘境的命名是根據秘境的環境和主要幻靈族群定義的，其實這個問題類似『先有雞還是先有蛋』，部分學者認為，秘境是先具有其特殊屬性，才會衍生出相關生態環境和幻靈族群……

「用人類來比喻，類似於養幻靈，『我』喜歡可愛的生物，那『我』就弄出一堆可愛系的幻靈，並為他們塑造出適合他們生存的環境。」

大致講述自己對於秘境的理解後，江海拉回原本的話題。

「我之所以認為迷夢秘境不簡單，是因為經歷過誤闖精神系幻靈地盤後，我就在想，有沒有一種可能……迷夢秘境裡頭，也存在著特殊空間？」

這時，直播間一個留言飛過。

「江隊這次進入迷夢秘境，就是想要找尋特殊空間嗎？」

江海看見留言後，爽朗地搖手笑道。

「沒有、沒有，你們想太多了，這怎麼可能想找就能找到？我只是想帶你們在迷夢秘境裡頭逛逛，沒想過那麼遠的事……不過如果能夠湊巧遇到，證實我的想法，那就太好了！」

04

「聽說商隊要跟江隊一起進入迷夢秘境？可是怎麼沒看見商隊？」

「是啊，我就是因為聽到有兩位隊長闖秘境，這才特地蹺課來看的！我家商老師呢？」

「前面的是北安的學生嗎？蹺課看老師的直播，你確定這樣沒問題？」

「我先聲明啊！我也喜歡江隊，但是我是商隊的粉絲，是為了他才來看直播的。從一開始就只看見江隊在說話，難道是虛假宣傳？」

「商陸？在啊！他就在我旁邊，鏡頭沒拍到他……」

江海朝著旁邊指了指，指明了商陸的位置。

「我哪有擋他的鏡頭？是老羅要我先做個開場白，之後再介紹他出來！

「商陸，來跟大家打聲招呼吧！」

江海朝鏡頭外招手，鏡頭也順勢轉移過去。

商陸跟幾隻契靈站在一起，身上穿著一身藍色迷彩服，背著背包，姿態相當帥氣。

「你們好，我是商陸，北安契靈師大學戰鬥系老師。」

商陸笑著朝鏡頭揮手打招呼，直播間的觀眾也熱情地回應，直播畫面冒出一大堆打招呼、關心和表白的留言。

「啊啊啊商隊啊！男神我愛你！」

「這個男人怎麼還是這麼帥啊！天啊！我又再度為他心動了！」

「商隊現在的氣色看起來好好！之前他最後一次露臉的時候，臉色很蒼白，看起來很憔悴。」

「商隊的笑容好好看！好溫柔！」

「退役後的商隊跟以前不一樣了耶！以前的商隊好像背負著很大的責任，在新聞發表會上都是一臉嚴肅，臉色很沉重，看起來一點都不開心，我喜歡現在笑得開開心心的商隊！」

「商隊的身體都恢復了嗎？希望商隊健康又幸福喔！」

「謝謝大家的關心，我現在的身體很健康，恢復得很好。」

商陸笑著道謝，隨後說起了他接受節目邀約的起因。

「我是來秘境收集實驗用材料的，恰好遇見江海跟《秘境與我》的製作組，受到羅導演的邀請，接下來的一段時間，我會跟江海一起在秘境遊歷，跟大家分享秘境的知識和一些有趣的傳言……

「跟大家介紹一下我的契靈夥伴。」

商陸對著仍然待在鏡頭外的大白狼和花寶招手，示意他們過來。

「這位是大白，想必很多人都認識他。」

「嗷！」大白狼酷酷地對著鏡頭嚎叫一聲，狼王的高冷風範十足。

「這位是花寶，我的新契靈。」

商陸雙手捧起小花寶和她的雲朵，用行動表示自己對她的珍愛和重視。

「咪嗚！」

小花寶有些緊張地對著黝黑的鏡頭揮揮葉片小手，而後一溜煙地帶著小雲朵躲到商陸的肩膀處，摟著商陸的脖頸，害羞地看著螢幕畫面。

觀眾們看著模樣可愛又精緻的小花寶，紛紛發出激動的驚呼。

「啊啊啊怎麼會有這麼可愛、這麼萌的小幻靈！」

「如同春天粉櫻一樣的粉紅色頭髮，翠綠的眼睛像是柔軟的嫩芽，粉嘟嘟的臉頰又白又嫩，頭上還有可愛的小幸運草！這孩子真是太可愛了！每一個部位都符合我的喜好！簡直是我的夢中情靈！」

「花寶寶，快來姐姐這裡！姐姐這裡有好吃的喔！」

「這樣的可愛小幻靈哪裡能找得到？請給我來一打！拜託！」

「沒見過這種模樣的幻靈，是新的種族嗎？」

嬌小可愛的花寶瞬間受到觀眾們的喜愛，但也有人對此唱反調。

「這隻幻靈看起來沒什麼戰鬥力的樣子，商陸怎麼會選這種幻靈結契？太不符合身分了！」

「還以為商陸的契靈會很厲害，沒想到他竟然跟植物系幻靈結契，植物系幻靈那麼弱，根本就沒有結契的價值，真是讓人失望。」

「天啊、天啊！都什麼時代了，竟然還有人用外表評斷幻靈的強弱？你是不把嬌小可愛的法咚利馬大神放在眼裡是吧？」

「我家白玉菇雖然只是一朵十公分長的小白菇，但是他發動大招的時候可是能夠控制一整個團隊的！」

「草場之神藤草芽芽請了解一下，一記藤鞭就能抽死你呀！」

「我家只有八公分長的裂空蜂鳥能夠瞬間啄穿你！」

「我真是服了，商隊都還沒介紹呢！就有人開始胡亂猜測！你們是能夠透過螢幕讀心，還是能夠看穿幻靈的天賦技能嗎？再說了，就沒有戰鬥力又怎麼樣？每個幻靈種族都有他的優點，這不是《幻靈基礎課》第一堂課就教導的事情嗎？你們是小學沒畢業啊？」

「最煩那些戰鬥力至上的人了！一天到晚瞧不起這個、瞧不上那個！真搞笑，幻靈強大又怎麼樣？你們能配得上那些厲害的幻靈嗎？」

「我就喜歡非戰鬥系的幻靈！霜奶泡仙子製造的冰淇淋不好吃嗎？果哞奶牛的鮮奶不好喝嗎？燒燒豬做的烤肉不香嗎？木靈照顧的水果不甜嗎？幽幽犬飼養的家禽不好吃嗎？大蔥鴨烤鴨你能不吃嗎？」

「前面的，你說得我都餓了，嘶溜……（流口水）」

「我家商隊都退役了，養隻寵物型契靈陪自己，這也要被批評？某些人有貓病嗎？（翻白眼）」

「嘖！我不過是說自己的感想就被一堆人砲轟，這年頭連說實話都不行了？」

「我們現在也是在說我們自己的感想、說實話，就你能評論我們不行？」

「商隊養什麼契靈是他的自由，關你什麼事？」

「斬首小隊全部都是王者等級的資深契靈師，就只有江海跟商陸資歷最低，結果只有他們兩個平安回來，誰知道他們到底有沒有執行任務？說不定半途逃跑了……」

「好傢伙！人家進入深淵拚死拚活，契靈死了大半，身受重傷、感染魔氣回來，也不需要你有多感激，但是至少不能這麼抹黑吧？」

「呼叫律師，我已經截圖了，私信給你了！請用力地告、狠狠地告！錢我來出！」

「我也可以出錢！」

就在眾人義憤填膺時，商榮集團的法務部也跳了出來，強勢地表明他們絕對會捍衛所有英雄的尊嚴，絕對不會讓深淵大戰的英雄流血流汗又流淚！

「各位！我去資料庫查了一下，這隻小幻靈的登記檔案中，她有星號標記！是新型幻靈！」

「真的假的？沒被發現過的新幻靈？」

「是真的！而且小花寶她不是植物系，是非常稀罕又珍貴的幻想系！」

「哈！我就說小花寶肯定不簡單！這下看剛才那些批評小花寶的人怎麼說！」

「剛才看了一下，小花寶的技能是治療跟防禦，正好可以跟狼王搭配！」

「難怪小花寶那麼好看！幻想系契靈的顏值向來都很高！」

「治療的幻想系啊？這可真是稀罕的搭配！」

「對啊！治療天賦的幻靈本來就不多，幻想系幻靈更是百萬中選一！這兩個相疊加，威力絕對是一加一大於二！我就在這裡預言了！小花寶以後肯定能夠成長為很優秀、很厲害的契靈！」

隨著小花寶的登記資料被公開，直播間又掀起一陣話題。

契約契靈是需要進行登記的，這是為了避免有人違法捕捉契靈。

在登記時，商陸順便將小花寶的部分資料填上，對於她的技能，商陸只登記了最不顯眼的兩樣，淨化技能隱瞞了。

資料庫並不要求契靈師一定要公開契靈的所有資料，許多契靈師都會瞞下一、兩樣，所以他這麼做也很尋常。

商陸看著直播間的發言，笑了笑。

「我很幸運，也很感激能夠遇見花寶，是她帶我找到淨化藥劑的植物，讓我能夠研究出淨化藥劑。

「我跟花寶結契，並不是因為她的特殊，當然，她確實很特殊，但是讓我跟她結契的主要原因是，花寶很善良、很天真、很可愛，我很喜歡她，大白狼也很喜歡她。

「為了治療我身上的魔氣，我去過很多個秘境，也聘請很多團隊去秘境找尋，希望能夠從裡面找到治療的方法，只是一直都沒能成功……

「花寶生活的秘境是一個新開啟的秘境，江海跟我說，或許這個新秘境裡面會有治療魔氣的存在。老實說，那時候我幾乎已經要放棄了。」

當時的商陸已經寫好了遺囑，各種後事安排也都規劃好了。

「那次的秘境之旅，是我給自己的最後一次機會，然後……我在那裡遇見了花寶。

「在我跌入谷底，人生處於最黑暗的時刻，她就像是一道光，一個可愛的希望，蹦蹦跳跳地來到我面前。」

商陸回憶起跟花寶初識的情況，臉上露出溫柔的笑意。

「發現魔氣真能治療的時候，我完全不敢相信，甚至以為自己是在作夢！」

直播間的觀眾很能理解商陸的想法，他們也有認識遭受魔氣感染的病患，在發現被認為絕症的魔氣能治癒時，病患也是一副難以置信，甚至以為是騙人的宣傳！後來親自喝下藥劑，確定魔氣真能消除後，那病患及其家屬都哭了！

第三章

《秘境與我》之迷夢秘境

01

「現在已經是早上七點零五分，我們該進去迷夢秘境了！出發！」

江海揚了揚手上的進入秘境許可證，笑著對觀眾們說道。

兩人連同契靈和攝影團隊，浩浩蕩蕩地通過秘境出入口，在他們穿過秘境特有的光膜通道後，見到了跟機場安檢通道類似的大型崗哨。

這裡有十多個安檢門，每一個安檢門都配有一條輸送和檢查行李的輸送帶、兩位負責檢查文件的安檢員，以及一位專門盯著掃描儀查看行李裝備的檢查員。

每一個安檢門都有人排隊，《秘境與我》拍攝團隊選了人潮最少的通道進行排隊。

排隊途中，攝影師的鏡頭捕捉著崗哨的一景一物，將這些景象分享給觀眾。

觀眾們透過鏡頭可以看見，崗哨的天花板是鋼製玻璃，抬頭往上看可以看見湛藍色天幕和一朵朵彩色雲朵。

崗哨的地板帶著鋼石材質，抗打擊能力強大，牆面是灰鋼石砌成，還開了好幾扇大型落地窗，可以清楚看見外面的景物。

崗哨的大廳處設置了許多座椅和幾台自動販賣機，大廳跟安檢門之間用半人高的花牆隔開，四周角落擺放了不少有花草樹木的盆栽，供人在大廳休息時欣賞。

各地秘境的出入口都有崗哨，但是因為秘境的環境和當地生態不同，崗哨的外觀跟使用的材質也要隨著變化。

迷夢秘境的崗哨算不上是最好看的，但在那些造型和顏色夢幻的花草襯托下，帶著一種鮮活又夢幻的綠意，讓人看著就覺得明亮又舒服。

在排隊時，花寶飄在商陸周圍，好奇地環顧、張望。

眼前的景物對她來說相當新鮮，翠綠眼眸充滿了好奇，宛若是剛接觸世界的幼崽。

她注意到，每一個安檢門的位置都有一隻拳頭大小、外型跟蒲公英很相似的小契靈。

「那是噗噗花。」注意到她的目光，商陸低聲在她耳邊介紹道：「噗噗花對於惡意、異常氣味和能量相當敏感，一旦察覺到不對勁，就會發出巨大聲響恫嚇敵人，但本身的性情溫和，除非遭受攻擊，不然不會攻擊他人，相當適合被培訓來擔任檢查崗哨的輔佐契靈。」

噗噗花在有人通關時，會繞著旅人飛行一圈，確定沒問題就會放行。

檢查人員的效率很高，差不多等個十幾分鐘就輪到《秘境與我》拍攝團隊了。

老羅導演將相關證件和申請書遞給檢查人員，檢查員對照著電腦螢幕的資料，並確定證件上的照片跟真人符不符合。

「噗噗！」

噗噗花完成檢查工作後，突然飛到花寶面前，送給她一顆晶瑩剔透、隱隱發著淡藍光芒的小珠子。

「咪嗚？」花寶歪著腦袋，看看噗噗花又看看掌心的珠子。

「噗噗花很喜歡妳。」跟噗噗花熟識的安檢員笑道：「只有遇見喜歡的人和契靈，噗噗花才會贈送清新珠。」

「清新珠是噗噗花凝聚能量製作的東西。」商陸補充說明道：「戴在身上有淨化空氣、隔離灰塵的作用，市售的清新珠的淨化範圍差不多是一到三公尺，妳這顆……」

商陸打量著花寶手上的清新珠，覺得這珠子的顏色和光澤比市面販售的更好，品質應該不低。

「噗噗花送她的清新珠是品質很好的極品，淨化範圍是十公尺。」安檢員插嘴介紹，不讓噗噗花的好意白費。

「咪嗚！謝謝噗噗，珠子我很喜歡！」

花寶高高興興地向噗噗花道謝，並從自己的空間中拿出一袋自己製作的能量糖果，想了想，又拿出一袋商陸製作的餅乾，送給了噗噗花。

她現在的【能量晶體製作（初級）】技能已經晉升成中級技能，製作出的能量糖果更加精純美味，除了原先的能量補充功效外，晉級後的能量糖果還多了初級治療和舒緩疲勞的功效。

幽靈老師們拿了她製作的能量糖果測試，拿著厚厚一疊的分析報告說了一堆，總結下來就是：花寶製作的能量糖果強化了果實的營養成分和能量，但又不會讓能量太過強烈，讓人和契靈無法吸收。

能量糖果的能量相當溫和而且容易吸收，營養價值是翻倍的，比直接吃那些能量果實還要好！

目前培育系的幽靈老師用能量糖果作為目標，朝著這個方向進行研發。

要是能夠成功，幻靈寶寶們的營養將會更加充足，能夠在幼生期打下更好的根基，成長為更優秀的幻靈！

噗噗花先是打開袋子，拿出一顆能量糖果吃下，而後激動地發出噗噗聲，將周圍的噗噗花都叫了過來，與夥伴們分享能量糖果。

「噗噗！噗噗、噗噗！喜歡！」

噗噗花們吃到好吃又能量純淨豐沛的能量糖果，開心地到處飛舞，而後花寶手裡又多了一堆清新珠，以及一群「嗷嗷討糖」的噗噗花。

面對熱情的噗噗花們，花寶只能清空了空間裡頭的存貨，讓每朵噗噗花都能得到一包能量糖果。

噗噗花們高興地飛到食物袋上，圓滾滾、白茸茸的身形瞬間脹大，將食物袋包裹起來，而後噗噗花脹大的身體又迅速縮小。

花寶猜想，噗噗花應該是將糖果放進空間裡頭了。

噗噗花們開心地一哄而散，回到各自的崗位繼續工作，而最早接觸花寶的噗噗花，突然開始劇烈地抖動身體，而後他的身體竟然一分為二了！

「咪嗚！」

看著眼前一大一小的噗噗花，花寶嚇得頭上的幸運草都豎起來，連忙對噗噗花刷治療術。

「噗噗、噗噗！送給妳！朋友！噗噗！」

噗噗花將一朵小指指甲蓋大小的噗噗花遞給花寶。

「咪嗚？你沒受傷？」花寶關心又疑惑地詢問。

「別擔心，他沒事。」安檢員笑著解釋道：「噗噗花分出的小噗噗花跟清新珠差不多，都是能量聚合體，對他不會造成傷害。」

了解噗噗花習性的商陸，也跟著說出他知道的情報。

「噗噗花是將妳當成朋友了，所以分出一朵小噗噗花給妳當作『友誼的信物』，這是很難得、很珍貴的禮物。」

「是啊！小噗噗花是噗噗花族群的『友誼信物』，這可是噗噗花族群對待好朋友的最高禮節喔！一般人或幻靈可是得不到的！」

擁有小小朵噗噗花的人／契靈，不管在哪裡，都能夠獲得噗噗花的好感和幫助。

「我是在跟他相處一年多以後才得到這信物的，沒想到小白絨第一次見到妳就這麼喜歡妳。」

安檢員的語氣有些酸溜溜的，又是羨慕小花寶，又覺得自家孩子養大了就要跟其他契靈跑了！

「要是妳不收，小白絨會很傷心的。」

「噗噗！好朋友！噗噗花族群歡迎妳！」

聽完解釋，小花寶開開心心地收下小噗噗花，想了想，又從空間裡拿出抽獎抽到的「護身項鍊」回贈給噗噗花。

噗噗花沒什麼攻擊力，這護身項鍊可以在他遭受到攻擊時開啟防護盾保護他，要是受傷了，護身項鍊還具有治療功能，只要不是立即斃命的傷害，不管多麼嚴重的傷勢都能治癒！

通過安檢門，一行人也算是正式進入迷夢秘境了。

「現在我們要到外面的候車區，搭乘陸地犀牛前往營地。」江海對著鏡頭說明後續流程，「這裡離營地很近，差不多七、八分鐘就能抵達了。」

看過前幾集的觀眾們表示困惑，因為前三集的來賓都是在通過安檢門後，就直接進入秘境開始直播，只有在中途或是回返時才會去營地休息並補充物資。

此時，老羅導演探頭進入鏡頭畫面，補充說明道：「一到三級秘境，普通人只要提出申請就能進入，但是四級和四級以上的秘境不行。」

一級到三級秘境屬於低等級的秘境，專門提供給契靈師大學學生和新手契靈師鍛鍊用的，危險程度不高，只要拍攝團隊聘僱保鏢保護自身安全，就能進入秘境裡頭進行拍攝，但是四級和四級以上的秘境屬於職業級，就算聘請了保鏢，也還是會有生命危險，所以法律明令禁止普通人進入。

「攝影團隊只獲得在秘境營地停留的許可，但是不能跟著兩位來賓到處跑，不過我們會在旅館時刻關注直播。」

觀眾們紛紛表示理解，還有人開玩笑地說，沒有拍攝團隊拖後腿，來賓應該會表現得更好！但也有人說，他就愛看節目組拖後腿、出糗的模樣，可以抒解工作一天的疲勞，讓老羅導演和拍攝團隊哭笑不得！

02

將攝影團隊送到營地門口後，江海跟商陸並沒有進入營地。

「今天已經耽擱不少時間了，我們現在就出發。」

江海對著鏡頭說道，獲得觀眾們一陣認同。

他們看直播，可是想看大神們在秘境的冒險，而不是看大神們跟拍攝團隊的行動日常！

「為了節省趕路的時間，我們打算租借迷夢秘境裡頭特有的迷夢馬。」

迷夢馬的體型跟一般馬匹差不多，身長約莫兩公尺半，體格高大精壯，牠身體的毛色是漂亮又夢幻的彩色，像是披了一層彩虹在身上，非常特別。

「迷夢馬被稱為『最夢幻的森林精靈』。你們看，這匹是白色馬身搭配彩虹鬃毛和彩虹馬尾；這匹是咖啡色馬身搭配彩虹鬃毛和火紅色馬尾，也有黑色馬身搭配藍色漸層鬃毛和霧紫色馬尾……每一種配色都相當好看！」

觀眾們也被迷夢馬的矯健身形和美麗色澤吸引，紛紛發出「好可愛的彩虹馬」、「想要把頭髮也染成這個顏色」、「想要買一匹回家養」等留言。

「迷夢馬的性格溫和又有耐心，你們別看牠長得這麼高大就認為牠在森林裡不好移動，其實牠在森林裡的移動速度很快！」

江海一邊親暱地摸著馬匹，一邊滔滔不絕地介紹著迷夢馬的優點。

「牠可以輕巧地跳上高處，像是樹木頂端、懸崖峭壁，而且牠還具有短暫的飛行能力，可以輕易地飛過湍急的大河，而且牠的負重達到六百斤！是在秘境裡行動的最佳幫手！」

也因為迷夢馬的優點實在是太多，所以牠的租借價格也不便宜，一天的租借金額就要三千五百元，而且這筆錢並不包括馬匹每日的糧食，糧食需要另外購買。

不過這筆錢是《秘境與我》節目支出的，所以江海也就沒有跟馬商講價。

對方開出的價格在合理範圍，而且他飼養的迷夢馬狀態相當優秀，這些迷夢馬確實值這個價。

「這些是我為牠們調配的糧食，全部都是用秘境裡頭的能量食材製作的，一天一包，一包一千。馬匹比較勞累，就多給牠們吃一點。」

馬商拿出一包密封的糧食袋，裡頭放著二十顆能量果凍。

「咦？你這是用能量果凍機製造的能量果凍？」江海看著手裡的果凍，又看了一眼商陸。

身分。

好傢伙，果凍機都賣到秘境裡來了啊？

「商榮集團推出的果凍機很好，比市面上賣的其他製造機都要好！」馬商提起果凍機，立刻眉開眼笑地朝商陸豎起大拇指誇讚，顯然是認出了商陸的身分。

「而且商榮集團的服務態度相當好，他們一開始推出的只有家庭版果凍機，家庭版我們這種畜牧場根本不適合用，後來我們就連署寫信給商榮集團，希望能開發適合畜牧場的大型果凍機，他們真的就研發出來了！而且定價不貴，還能夠分期付款！

「以前我準備迷夢馬的糧食時，要花很多時間切碎食材、熬煮、加入能量營養粉，一天至少要有四小時花在這上面，而且煮出來的飼料牠們也不怎麼喜歡吃，每次吃完都會跟我埋怨，說是青草和水果比較好吃。」

可是迷夢馬不能光吃青草跟水果，還需要適時地補充其他營養和能量，而且想要滿足迷夢馬的食量和能量需求，一天少說也要準備一百斤的青草和水果，外加一瓶能量營養補充粉。

「有了能量機以後，我只需要把食材丟進去機器就能製造，花費的時間減少了，而且機器汲取的能量和營養比我自己熬煮調配的更高，以前馬糧的製造過程中大概會浪費掉三成到四成的能量，用果凍機以後，能量耗費只有一成多不到兩成，不會浪費食材，食材的成本也降低了兩成多……」

食材成本是馬場、畜牧場的吞錢大戶，其他地方都能摳摳減減，就只有食材不能吝嗇，必須要採購好品質的食材才能餵養出高品質的馬匹和牲畜。

食材成本降低了，畜牧場老闆的經濟負擔就減輕了，可以將省下來的錢用在其他項目的經營上。

「迷夢馬也很喜歡吃能量果凍，每天都跟我討，有的還會自己溜到食物櫃偷吃，我把櫃子鎖上都沒用，我現在乾脆把果凍放在睡覺的臥室，晚上就抱著果凍睡！」

馬商嘴上數落著自家的迷夢馬，黝黑乾瘦的臉卻笑得相當燦爛，從神情就可以看出，他是真的很疼愛這群迷夢馬。

江海跟商陸租借了兩匹馬，預計在秘境停留兩星期，採買三十包馬糧就足夠了。但是為了預防萬一，他們一共買了四十包馬糧，保證不會讓迷夢馬餓肚子。

見到江海他們願意多採購馬糧給自家馬匹，馬商笑呵呵地給他們打了折扣，又說要是馬糧沒有吃完，只要包裝完好，回程就可以到他這裡退貨退款。

江海跟商陸將大半的行李都放到契靈的空間裡頭，自己只是簡單地背個背包，一些常用的工具都放在背包裡。

迷夢馬的速度確實很快，不過十五分鐘左右的時間，他們就已經從迷夢森林外圍進入到迷夢森林的第一層。

「剛才在林間穿梭，大家可能感受不到我們的速度。」江海對著鏡頭說道：「別看我們只走了十幾分鐘，其實我們已經進入迷夢森林的第一層了！

「迷夢森林從外圍到中心處，大致被分成八層，最外面那圈是『入口』，不算層級，從入口往裡頭走五公里左右，才算是進入第一層，第一層往裡頭走兩百公里就是第二層……層級越高，就表示你越接近森林的中心處，越危險。」

江海說著秘境的危險性，要觀眾們注意，只是觀眾們的注意力全放在周圍的漂亮景物上，根本就沒將他的話聽進去。

「這裡也太美了！跟我想像中那種陰暗幽森的感覺完全不一樣！這裡就像奇幻世界一樣夢幻！」

「要不是這是直播，我真會以為這是某個電影裡頭的特效場景！」

「彩色的雲朵、彩色的樹木和樹葉，明明顏色那麼多，卻不會讓人覺得雜亂，一切都很調和，隨便截一張圖都好好看！」

「江隊！我也想去迷夢秘境玩！」

「要是普通人能夠進去，我肯定發動連署請那些拍奇幻、仙俠片的導演去這裡拍攝！」

「那個粉色的草叢看起來好柔軟！在這裡睡覺一定很舒服……」

「我很怕蟲、蛇這類的生物，可是這裡的蟲子跟蛇都好漂亮！顏色好夢幻！如果所有的蟲子跟蛇都可以這麼好看，我覺得我可以克服恐懼養牠們！」

「啊啊啊啊啊我要讓婚顧公司將我的結婚現場布置成這樣！太好看了！」

「江隊跟商隊也好帥！以前就覺得他們兩個長得很好看了，現在有這麼美麗的森林當背景，加上帥氣的迷夢馬，他們兩個的帥氣直接暴增一百倍！感覺可以拍下來當海報了！」

「哎呀！一個陽光開朗、一個溫文儒雅，我該選誰當我老公才好呢？」

「小孩才作選擇！我兩個都要！」

「呵呵，兩位是喝多了在說醉話？江隊跟商總妳們也敢肖想？作夢去吧！」

「人活著，總該有夢想。」

「建議活得腳踏實地一點。」

看著觀眾們的發言，江海笑了笑，乾脆讓攝影團隊將他們身邊的微型空拍機都派出去拍風景，他們身邊只留下一個空拍機就足夠了。

為了不錯過各種細節，《秘境與我》團隊足足準備了十二個空拍機，其中，六個留著備用，餘下六個分成兩組，江海和商陸身邊各跟著三個，每一個鏡頭後面都有專人負責操控，保證不會錯漏精采畫面！

03

江海跟商陸進入第一層後，就放慢了前進的速度，一邊帶領觀眾們觀賞森林的美景，一邊介紹沿途發現的各種昆蟲、動物和植物，並教導一些秘境行動的知識和小秘訣。

「大家都知道，迷夢秘境的特產是迷夢菇，其實它還有一個特產名叫『白斑黑松菌』，吶！就是我手上這朵。」

江海從樹幹上摘下一朵傘狀菌類，這菌類的傘面足足有他的掌心大。

「你們別看它長得黑黑的、上面還有一點一點的白斑，看起來好像發霉一樣，外觀不怎麼好看，其實它很好吃，而且能量溫和、營養相當豐富！不管是用烤的、煎的、炸的、炒菜或是煮湯，都很美味！」

他一邊介紹、一邊摘採，打算中午就用它當菜。

在江海忙著採集白斑黑松菌的時候，商陸便開口補充白斑黑松菌的其他訊息。

「市面上有許多營養補給飲料，都是用白斑黑松菌作為主成分。食材成分表上寫白斑樹耳、白星黑菇的，其實都是白斑黑松菌，那些是它的別稱。」

在商陸解說時，也有一部分觀眾紛紛附和，說他們在一些高級餐廳也有吃過白斑黑松菌的菜餚，價格不便宜。

「白斑黑松菌在產地這裡，按照品質等級，售價大概是兩千五到五千多，出了產地，到了各個城市的超市、市場，價格會往上翻三倍至八倍……」

商陸這話一出，不少觀眾紛紛嚷著餐廳、商人賺翻了。

「其實他們也沒有賺很多。」商陸為商人們解釋道：「白斑黑松菌在產地便宜，是因為這裡不需要運輸和保鮮費用。白斑黑松菌很嬌嫩，需要經過層層特殊包裝才能送上運輸車往外賣，要是運輸途中碰撞到了，它就會很快腐敗，從產地這裡運一千斤白斑黑松菌出去，到下一個城市可能只剩下八百斤，要是運送的路遠一點、道路崎嶇難行，說不定就只剩下一半……」

包裝費用、人事費用、運輸費用以及腐敗毀損的白斑黑松菌成本費，全都是造成白斑黑松菌價格居高不下的原因。

在商陸解釋的同時，也有販賣白斑黑松菌的商人出面說明，訴說白斑黑松菌的保存和運輸有多麼難搞，它的密封保鮮袋是特製的，一個袋子的成本要價十五元，而且還不是只套一層！最外層還要加上一個特殊的保鮮、保冷、防碰撞箱，這個箱子的價格可不便宜，一個箱子要價二十五萬元！而且一個箱子只能裝入一百五十斤的白斑黑松菌！

巴啦巴啦的一通哭訴下來，彷彿他們做這行生意都是虧損在做一樣，這就有點誇張了。

商陸看著商人發出的留言，說話老實的他就會幫著附和，那些哭訴得太誇張的就直接戳穿對方，還針對對方說的價格和成本分析了一番，並給出幾間他評測過、商品質良好、價格也很公道的商家，建議對方去找他們採購這些物品。

結果造成一堆商家冒頭，一部分的人邀請商陸老師針對他們的產品進行評測，一部分的人希望商陸老師多多分享好貨評測，讓他們可以買到好東西！

看熱鬧的觀眾一陣哈哈大笑，誇讚商陸老師實在是太過優秀，一堆大品牌都自動跑來找老師打廣告。

商陸笑著婉拒品牌方的邀約，又給那些求好商家、好商品的人一個「好貨分享論壇」，上面有很多商家和商品評測、減價折扣消息、二手物品買賣交易的分享和討論交流。

「這個論壇是一位巡夜人前輩創建的，一開始是巡夜人內部交流、分享的論壇，後來對外開放，讓更多的契靈師加入，一起分享資源和資訊，交易各自不需要的東西。

「這個好物分享論壇是一個純粹的分享論壇，論壇本身並沒有任何商業宣傳推廣、交易買賣行為，論壇管理員也只是管理帖子、分享資訊，沒有其他權限。

「要是有人打著論壇管理員的名義私訊你，要你買東西或是募資、借錢，請直接上報論壇管理員。

「如果你們在論壇買東西卻上當受騙，也可以上報論壇管理員，他們會協助你和警方盡量追回你的損失，論壇的追討成功率有百分之八十三……」

擔任論壇管理的都是退役的巡夜人，以他們的身手和豐富的經驗，加上商陸給予的金錢和資源補助，緝捕騙子和詐騙集團綽綽有餘！

商陸雖然不是論壇的管理員，但他是論壇的大金主兼資深會員！而白光禹老師則是這個論壇的創建者！

白光禹老師那個時代的契靈師和巡夜人，其實都很窮，即使有聯盟補助部分資源，大家還是過著苦哈哈的日子。

所以白老師就成立了好貨分享論壇，讓大家交流手邊用不到的二手物品，以及分享各地的打折情報，用最小的花費獲得最大的回饋！

這個論壇一開始只是在白老師跟他的朋友之間傳播，後來逐漸擴散出去，一堆契靈師參與進來，就變成如今論壇成員高達上百萬人的巨大規模。

商陸跟江海在拍攝節目，一旁的契靈們也沒有閒著。

以大白狼、大黑虎為首的幾隻契靈，熱情地跟小花寶分享他們喜歡的果實和覺得有趣的物品，不管是一朵小花、一隻小瓢蟲或是一枚樹果，都成為禮物被送到花寶面前。

花寶雖然有論壇給予的知識書，知道這些物品的來歷，但是書上枯燥的知識怎麼能跟大契靈的生動教導比呢？

她開開心心地向契靈們學習著知識，聽他們說起自己過往在秘境中的遊歷，一邊誇大著自己的英勇威武，勇鬥高等級兇獸、遭遇生死險境，一邊又被其他夥伴吐槽跟拆台，說當時的狀況根本不是那樣……

花寶聽得心生嚮往，也好想來一次轟轟烈烈、精采刺激的冒險！

就在這時，許久沒有動靜的系統聲音突然響起。

【叮！偵測到花寶的強烈意願，建議花寶可以來個抽獎，看看能夠抽中什麼大驚喜喔！】

最近這段時間花寶都沒有進行抽獎，抽獎券已經累積了三千多張，足夠她抽出好多東西了。

當下花寶就先來個一百連抽，除了抽中一堆食物和玩具之外，還獲得了一個只能在秘境中使用的道具「尋寶指針」。

尋寶指針的造型簡單，一個銀製的小圓盤，圓盤上方有一個半圓形的透明水晶蓋，中心處鑲嵌著一枚金色指針。

花寶將抽到的食物拿出來跟契靈夥伴們分享，自己則是盯著空間裡的尋寶指針，想著要在什麼時候偷偷地拿出來。

商陸叮囑過她，不能將抽獎抽到的道具跟別人說，也不能給別人看，花寶一直遵守著這一點。

突然間，空間裡的尋寶指針有了動靜！

「咪嗚？道具放在空間裡也能使用嗎？」

花寶疑惑地盯著金色指針，金色指針左右晃動幾下，而後俐落地指向一個方向，透明的水晶蓋上浮現一行藍色文字，標示出物品距離。

「咪嗚？是要去那個地方嗎？」

花寶歪了歪腦袋，看了一眼指針指的方向，那是一處大草叢。

04

「蝶蝶？妳在看什麼？」

幻影蝶以為花寶察覺到危險，立刻飛到她身邊警戒地看向草叢，偵查一番後，卻沒有發現任何異狀。

在大白狼和大黑虎的「君王氣場」的威勢中，這附近的兇獸都會自動避開，不會跑來攻擊他們，這也是他們這一路這麼安靜、平和的原因。

「咪嗚，我想去那裡看看。」

花寶沒有說出尋寶指針的作用，只說自己想去看。

「蝶蝶？我陪妳去！」

幻影蝶雖然困惑，卻還是擔負起保鏢的責任。

兩隻契靈飛向草叢，在開著小白花的草叢間轉了一圈，當花寶接近目標物時，尋寶指針發出「滴滴」的輕響。

花寶左右張望，沒看見任何像寶物的物品，一直到她鑽入草叢裡頭，這才在草叢底部發現一小簇如同星辰閃耀的水晶蘑菇。

「咪嗚！好漂亮！」

「蝶蝶！星辰水晶蘑菇！」

幻影蝶追著花寶飛下，發現這一簇水晶蘑菇時也是感到相當驚喜。

「蝶蝶！星辰水晶蘑菇可以增長精神力，還可以強化幻術，之前江海買給我吃過，一朵星辰水晶蘑菇就要一萬三千元，可貴了！我那次為了提高『幻境』技能，吃了一百多朵！江海可心疼了！」

花寶對價格沒什麼概念，她只想將這漂亮的星辰水晶蘑菇拿去給商陸看！

「咪嗚！我們挖回去給商陸跟江海看！」

「蝶蝶！好！我來挖！」

幻影蝶動用力量，將水晶蘑菇連根帶土地挖起，堆放在花寶拿出的盆子裡，堆了滿滿的一大盆。

幻影蝶操控著盆子浮起，跟花寶一同向正在生火煮飯的商陸和江海飛去。

看見她們帶回罕見的星辰水晶蘑菇，商陸跟江海面露訝異，問明白是花寶找到的以後，對她是誇了又誇，把她的小臉蛋都誇紅了。

「星辰水晶蘑菇的價格昂貴，一方面是因為它能夠讓契靈的精神力和幻術增長，是相當珍貴的精神補品，另一方面是因為它很難找到，就算是長年在秘境活動的資深採菇人，也不保證自己就一定能找到……」

江海對著鏡頭展示星辰水晶蘑菇，並介紹它的價格和珍貴性。

「我記得我以前買星辰水晶蘑菇給幻影蝶吃的時候，一朵星辰水晶蘑菇就要一萬三千元！是的，你們沒聽錯，就這麼一朵拇指大小的星辰水晶蘑菇，就要一萬三千元！

而且我那還是巡夜人內部價，有打折的！」

像星辰水晶蘑菇這種能夠提升契靈能力的食物，可不是只吃一、兩次就足夠，是需要長期進補的！手裡沒幾個錢還真是負擔不起！

直播間的觀眾也有購買過星辰水晶蘑菇的契靈師，他們紛紛發言表示，現在市面上的星辰水晶蘑菇，一朵要價兩萬八千至三萬五千多元，江海買的價格可說是相當便宜了！

「真的假的？一朵就要兩萬八到三萬五？在黑市買，價格還要再翻好幾倍？這是搶劫啊！」江海難以置信地瞪大眼睛，「那我手上這盆要是拿出去賣，我不就發財了？」

契靈師們非常贊成江海販賣星辰水晶蘑菇的想法，因為現在星辰水晶蘑菇是「有價無市」的狀態！各個通路、商店都缺貨，非常、非常難買到！

江海看著嗷嗷叫的契靈師們，無奈地搖頭。

「這是花寶找到的，按照秘境的規則，誰找到的寶物就歸誰所有。星辰水晶蘑菇可以提高精神力，各種系別的契靈都能食用，花寶肯定也需要，就算花寶不需要，商陸也可以拿回去給學校，作為供應給學生的資源。」

他非常了解食物對於契靈們的重要性，鍛鍊技能靠吃！領悟招式靠吃！突破、晉級同樣靠吃！

曾經就有培育大師開玩笑地說：「契靈的實力有七成是靠著優良能量食材和補給品吃出來的！」

這句話雖然誇張了一點，卻也能夠讓人明白能量食物對契靈的重要性。

要是在培育契靈的過程中，沒能適時地補充能量食物，契靈的實力和潛力就會下降，甚至有從戰鬥契靈變成寵物的可能！

所以契靈師們寧可自己苦哈哈地過日子，契靈的培育食物也絕對不能省！

直播間觀眾也不死纏爛打，不強求星辰水晶蘑菇一定要賣他們，只希望江海和商陸要是發現自己不需要的東西，可以轉賣給他們。

「我這邊可以同意，不過商陸老師是來秘境找教材給學生的，大家就別覬覦他那一份了啊！學生可是珍貴的契靈師幼苗，是我們的未來。」

江海直接替商陸拒絕了。

觀眾們也沒有抗議，能夠買到一些東西就很滿足了，他們不貪心。

就在這時，直播間一個附加了特效的打賞留言飛過，江海看著螢幕唸出留言。

「如果又找到星辰水晶蘑菇，可以請商陸賣幾朵嗎？」

江海唸完留言後，忍不住笑了。

「星辰水晶蘑菇哪有那麼好找？這東西要是好找，售價就不會那麼高了！」

直播間觀眾們不聽勸，不斷刷著想要買第二批星辰水晶蘑菇的留言。

江海想了想，決定不要打擊觀眾們的心情，點頭答應了。

「行！要是又找到星辰水晶蘑菇，我就賣幾朵給你們……啊？如果是花寶找到的？那我也會跟商陸說，賣幾朵……」

這話剛說完，螢幕上刷了一堆感謝江海的話，並要江海「轉頭」、「看後面」。

「後面？」

江海轉過頭，發現花寶正端著一個大臉盆在商陸面前獻寶，臉盆裡頭裝著滿滿的星辰水晶蘑菇，粗略估計，應該有上百朵。

江海看著自己手上的小盆子，又看向花寶面前飄浮著的大臉盆，面露茫然。

「星辰水晶蘑菇有這麼好找嗎？難道我們跑到星辰水晶蘑菇的窩裡了？」

觀眾們可不管他們是不是跑到星辰水晶蘑菇窩裡，他們不斷催促江海，讓他去遊說商陸，請他分出幾朵賣給他們。

「原來你們是在給我下圈套啊……」

江海無奈地撓撓頭，但話都說出口了，也不能突然反悔，只好跑去跟商陸和花寶商議。

最後，商陸跟花寶同意分出江海手上的星辰水晶蘑菇。

「大家都聽到了啊！我們商陸跟花寶很慷慨，星辰水晶蘑菇不收你們錢，直接抽獎贈送！我剛才算過，我手上這盆星辰水晶蘑菇一共有二十七朵，不過有的比較小，只有小指頭那麼大，這種的我就兩朵算成一份，總共是二十份！我們就抽二十個人！

「給大家一分鐘的時間，在直播間留言『秘境與我：江海與商陸』，一分鐘後我們就用系統程序從留言的人之中抽選二十個人！」

一瞬間，直播間的畫面被「秘境與我：江海與商陸」刷滿，中間還出現幾次像是網路卡住一樣的停頓，幸好最後還是順利地完成抽獎了。

第四章

秘境大水怪與花賽

01

江海和商陸兩人不急著趕路，吃過午飯後，他們又休息了一會兒，帶觀眾欣賞森林的美好景色，之後才又騎著迷夢馬，繼續前行兩小時，在天色還很明亮時，找到一處鄰近湖泊的空地紮營歇息。

湖泊的面積遼闊，儼然像是一片海洋，豐沛的水氣在湖泊上聚成薄薄的水霧，讓整座湖泊看起來如夢似幻。

也不曉得是幻影還是光線折射所造成，在濃郁的水霧之上，竟然還出現了一層湖泊！而且那湖泊面上還有魚群飛越，噴濺出的水流還會落到底下的水霧，融入水霧之中。

「這裡被稱為『夾心湖』、『鏡像湖』，看起來很美對吧？」

看著眼前水氣氤氳、翠綠清澈的大湖，以及遠方起伏的山巒，江海忍不住做了個深呼吸，享受美好清新的空氣。

「上面那層湖是一種海市蜃樓，但是，聽說在某個特定的時間點，上面那層湖會變為實體，要是在這個時候進入上層的湖，可以進入某個秘境……」

江海向觀眾說著這座夾心湖的傳說。

「夾心湖的故事在迷夢秘境流傳很久了，被稱為『迷夢秘境的三大傳說之謎』，每一位進入秘境的人都聽說過它的故事。我以前也曾經想要找出夾心湖的秘密，看看它是不是真的通向一處新秘境，或是某個神奇的遺跡，不過我失敗了。」

江海聳肩笑笑，對於自己的失敗毫不在意。

要是夾心湖的秘密這麼容易就被發現，它也不會成為迷夢秘境的三大傳說之謎了。

江海以前最喜歡在秘境中到處遊歷，瀏覽秘境的景色，只是成為巡夜人之後，他的生活圈就侷限在城市之中，放眼望去盡是鋼筋水泥打造的建物，遼闊的天空被樓房切割成一小塊、一小塊，整個人就像是困在牢籠之中，讓他總是渾身不自在。

後來深淵大戰開啟，他的活動範圍轉移到戰場，那裡屍山遍野、戰火焚盡了一切，觸目所及皆是荒涼，就讓他的情緒更加低沉了。

《秘境與我》的拍攝邀約，原本可以隨便派一名隊員過來，但是被繁重的公務壓迫許久的江海，一想到可以到秘境透透氣，便決定親自參與這次的拍攝任務了。

在啟程之前，他其實也有遲疑，他不喜歡被鏡頭二十四小時盯著，那會讓他覺得神經緊繃，畢竟深淵大戰才結束三年，他的戰爭後遺症可還沒完全恢復，一旦察覺到有視線關注就會不自主地緊繃神經，下意識擺出防禦和反擊的動作。

但是現在，他很慶幸自己來了，因為他不僅獲得了一場愉快的秘境之旅，還見到了許久未見的商陸，可以跟他和契靈一同旅行。

以前他們兩個總是很忙，雖然也有組隊出任務過，但那些行程都是來去匆匆，用最短的時間、最高的效率完成任務，從來沒有像現在這樣，沒有任何目的和任務，隨心所欲地帶著契靈在秘境遊玩。

這種無拘無束的感覺，江海相當喜歡。

「江海，過來搭帳篷！」

商陸挑選好適合搭帳篷的空地後，喊江海一起來幫忙。

大白狼發出幾道風刃，將周圍的雜草清除；幻影蝶細心地清理草地上的碎石子和雜物，將碎石子、雜草跟樹枝堆到一旁；大黑虎使出「重力」招式整地，讓略有些凹凸的草地變得平整，晚上在帳篷裡睡覺時才不會覺得不舒服……

幫不上忙的小樹人跟花寶在一旁為他們加油打氣，並在商陸和江海需要工具時為他們遞上。

人和契靈一起搭建帳篷、整理營地的畫面相當溫馨，直播間的留言因此多了不少，大家都沉浸在這種舒適又愉快的氛圍中。

「感覺好棒啊！風景漂亮，契靈這麼乖巧可愛，他們就像是一家人一起出遊一樣，氣氛好好！」

「羨慕江隊他們有這麼乖、這麼聽話懂事的契靈！我家狗子只會拆家具！搞破壞！（哭）」

「啊啊啊啊商老師看小花寶的眼神好溫柔！老師看我！看我！我也想要溺死在你的溫柔裡！（尖叫）」

「滾開！這是我老公！別想跟我搶老公！」

「我家貓貓跟我一起看直播，他說他喜歡小花寶，要我也帶一隻回家！嗚嗚嗚難道是我不想養嗎？我也想養啊！可是我該去哪裡找花寶啊？」

「同求！同問！」

「我有疑問！迷夢秘境是四級秘境，不是應該很危險嗎？為什麼他們進入秘境都沒有遇到兇獸？」

「這個問題我會！（舉手回答）因為大白狼跟大黑虎都是『君王級』，有王者氣場，可以震懾等級比他們低的兇獸，兇獸感受到氣場就會自動逃跑了！」

「君王？還有這種等級嗎？契靈的等級不是只有初級、中級和高級三種嗎？」

「君王是指他們成為族群的首領嗎？」

「一般來說，契靈只有三種等級，因為契靈只有兩到三次的進化，但是有一種情況例外，就是高級契靈在生死關頭獲得突破，或是得到某種稀罕的晉級物，就可以再度往上晉級。」

「君王跟首領並不一樣喔！君王級是契靈的實力等級稱謂，首領是身分，並不是成為首領就是君王！」

「哇喔！以前只知道江隊和商隊厲害，但也只是以為他們有很多高級契靈而已，沒想到還有君王級！」

「你才知道啊？當初就是因為他們有君王級契靈，才會讓他們執行深淵怪物的斬首任務！所有斬首任務的成員都有君王級契靈！」

「那江隊他們不就可以在秘境橫著走了？」

「也不是，如果他們闖入高級兇獸的地盤，兇獸還是會出來攻擊他們。」

「兇獸就是靠著吃掉其他兇獸和幻靈升級的，君王級契靈對兇獸來說雖然恐怖，卻也是大補品，是牠們升級的機會！」

「兇獸也有君王級喔！而且因為牠們是吞噬幻靈和兇獸晉級的，所以牠們晉級成君王級的機率是比幻靈高的。」

「一個小情報，迷夢秘境裡頭有君王級兇獸！」

「咦？小花寶跑去湖邊做什麼？想玩水嗎？這湖安全嗎？」

「怎麼可能安全！那湖裡面有一條大水怪！他是這座湖泊的王！小花寶那體型還不夠他塞牙縫！」

「啊啊啊那怎麼辦？快跟商老師說，叫他喊花寶回去！」

正當觀眾們為了花寶的安危著急時，小花寶則是坐著小雲朵飄在湖畔的水面上方，注意力放在空間的尋寶指針上頭。

金色指針指著湖泊中央處，跟湖邊距離兩公里左右。

既然是在湖裡，那肯定是要下水的。

花寶不會游泳，但是她可以乘坐小白雲在水裡行動，而且她在水底下也能夠呼吸，不用擔心換氣時間限制。

花寶乘坐著小雲朵，慢悠悠地飛到寶物位置的水面上空，湖泊的水質很清澈，從水面上就能清楚看見池中的景物。

又因為湖泊很深，水底下的景物有些模糊，依稀瞧見一些水中生物游動。

為了安全，花寶給自己加上了護盾。

花寶沒想過找其他人陪同，因為商陸跟江海都在忙，而其他契靈又都是陸地種族，不適合進入水中。

「咪嗚！尋寶還是要靠花寶呀！」

花寶得意地拍拍小胸膛，看著幽深的水底，又給自己刷了幾層護盾。

要保護好自己，不然商陸跟大白會擔心。

下水前，花寶又轉頭看了一眼湖邊的夥伴們，商陸跟江海已經搭好兩個帳篷，現在一個在生火、一個在架設餐桌和擺放晚餐要煮的食材跟廚具；大白狼跟大黑虎懶洋洋地趴臥在帳篷外面休息；小樹人跟幻影蝶在周圍撿拾生火用的柴火。

很好！暫時不會有人發現她不見！

「咪嗚！衝！」

花寶指揮著小雲朵，迅速衝進水裡，她這番動作引起留意她的觀眾們一陣驚呼，相當在意小傢伙在水底下的安危。

幸好，跟拍的空拍機具有水底拍攝的功能，也跟著追了下去。

小花寶的目標明確，筆直地朝著湖底前進，這讓觀眾們紛紛猜測，她是不是又發現了什麼寶藏？

等到一契靈一空拍機降落至湖底時，眾人只見花寶跳下乘坐的小雲朵，用那葉片小手撥開柔軟的泥沙。

等她將湖底挖出一個小洞時，裡頭顯露出一顆湛藍晶瑩的水晶體。

小花寶開心地收起水晶體，繼續挖掘。

當她收起七、八顆水晶體時，水流突然湧動起來，泥沙底下冒出大量泡泡，而後地面晃動，搖動的力道把小花寶震得飄浮起來。

小花寶連忙讓小白雲接住自己，往上飛了一段距離，直到靠近湖面後，這才停下來觀察湖底的情況。

湖底沙塵瀰漫，大片的泥沙翻滾，像是有某種巨獸在地裡打滾。

花寶好奇地等了一會兒，可是等到水底再度恢復平靜，依舊沒看見有什麼東西從裡面鑽出。

「咪嗚？」

花寶困惑地歪著腦袋，不明白為什麼會這樣。

總不可能是剛才湖底的泥沙覺得躺得悶了，自己翻身玩玩吧？

不過花寶也不糾結，她在水裡已經停留得太久了，商陸應該在找她了，她需要趕快回去！

花寶乘坐著雲朵飛上水面，果不其然地看見商陸跟江海都站在湖邊，神情緊繃，而大白狼他們也是嚴肅地戒備著。

「咪嗚！我在這裡噠！沒有走丟噠！」

小花寶一邊揮舞著葉片小手，一邊對他們喊道。

「花寶小心！」

「嗷！快離開！」

「蝶蝶！花寶飛快一點！」

「咪嗚？」

花寶不明白為什麼商陸他們這麼急躁，但也還是乖乖地加快速度。

但是她才剛飛出幾公尺，上空就落下一大片陰影，前方也多出一面巨大的鱗片牆壁擋住去路。

「咪嗚？」

花寶困惑地抬頭上看，正巧對上一隻巨大無比的金色豎瞳。

「咪嗚！」

花寶被嚇了一大跳，小雲朵也因為她的驚嚇胡亂飛舞，差點將她給甩飛出去。

正當她不知所措時，一道柔和的水流捲住了雲朵，協助她穩定下來。

「咪嗚，大眼睛，謝謝。」

花寶認出是大眼睛幫助了她，感激地從空間裡取出水系的能量果實。

考慮到大眼睛的體格，她挑的是等級最高、能量水果中最巨大的龍鱗果。

比花寶身高還要高上一倍的龍鱗果取出後，承載的小雲朵還往下沉了一下，圓胖柔軟的形狀也扁了不少，像是負荷不了龍鱗果的重量，差點被壓塌似的。

「咪嗚！大眼睛，給你吃！」

花寶指揮著雲朵往上飛，這時才瞧見大眼睛的「真實樣貌」！

原來大眼睛一共有兩顆，他還有一顆巨大的大腦袋跟長長的脖頸，皮膚上布滿銀藍色鱗片，龐大的身體藏在湖泊底下，形成一大片陰影。

對方的體格相當龐大，花寶甚至覺得對方吹口氣就能將自己吹飛！

在這龐然大物面前，說不害怕肯定是假的，但是她能感受到對方傳來的善意和溫暖，這讓花寶不再緊張。

「嘟……」

大水怪發出一聲輕柔的嗚叫，聲音有點像是火車發車時的長鳴聲。

一道水流捲起了龍鱗果，送進大水怪嘴裡。

龍鱗果豐沛的水系能量和好滋味讓大水怪眼睛一亮，尾巴愉悅地在水底甩了甩，掀起一陣波濤，一堆魚、蝦、水草被甩飛到半空而後重新掉進湖裡。

「嘟……這東西好吃，還有嗎？」

「咪嗚！有！還有兩顆！」

龍鱗果是花寶使用論壇簽到時獲得的新型能量水果，商陸跟白老師曾經拿了幾顆去研究，分析出這龍鱗果具有豐沛又高純度的水系能量，以及一種解析不出的新型能量。

雖然不知道新型能量能有什麼用處，但可以肯定的是，這龍鱗果對水系和龍系幻靈的晉級很有幫助。

目前他們正嘗試著種植龍鱗果，不過至今尚未有成效。

又吃了兩顆龍鱗果後，大水怪身上突然發出銀藍色光芒，那是契靈的進化之光。

02

大水怪是高級契靈，在沒有意外的情況下，他這一生就是停留在高級了。

大水怪也不強求晉級，因為他知道，像他這種沒有跟人類契約的野生幻靈，能夠走到這一步就相當厲害了。

更何況，那些跟人類契約的幻靈，他們之中也只有極少的幾位晉級成君王級。

身為資深的高級幻靈，大水怪在湖泊這片地區稱王稱霸，沒有任何一隻兇獸是他的對手。

大水怪也喜歡這樣的生活，餓了就抓一些湖中生物或是到這邊喝水的兇獸吃，吃飽了就睡覺，要是在湖泊待膩了，還可以經由湖泊的水下通道游到外海覓食，吃一些在湖泊裡吃不到的海鮮，日子過得平穩、安定又享受。

這平靜的生活，就在這一天，因為一隻只有他指甲蓋大小的小契靈改變了。

在湖底打瞌睡的大水怪察覺到有人闖進他的地盤，還有契靈跑進了他的湖！

他原本應該要生氣地將這群入侵者趕走，只是湖裡的小契靈給他的感覺很親近，而且岸上的那些人類和契靈也沒有發散惡意，他就沒有急躁地用水砲把人轟走，而是現身人前，用龐大的身軀嚇唬他們。

只是他沒有想到，小契靈不怕他，甚至還給他吃了好吃的果實。

果實小小一顆，水系能量卻很豐沛，而且果實裡面還蘊含著一股特殊力量，那股力量跟他的血脈起了共鳴，喚醒了潛藏於體內的血脈之力。

「嘟嘟……」

發出一聲暢快的長鳴後，大水怪飛到半空中，進化的光芒包裹住他，改變他的形體，讓他進化成君王級幻靈。

進化後的大水怪，頭上多出一對銀白色犄角，身上的鱗片顏色變成深藍色，龐大的魚形身軀變成纖細的蛇形，背後生出兩對威風凜凜的翅膀，讓大水怪從水生幻靈變成水空兩棲，屬性類別也從水系變成水系和龍系的雙系類別。

大水怪現在已經不能叫大水怪了，他給自己取名為「大龍魚」！

「嗚嗚……」

晉級後，他的叫聲也變得渾厚許多，顯出幾分霸氣。

「小傢伙，謝謝妳，妳想要什麼禮物？」大龍魚高興地向花寶道謝。

「咪嗚，不用謝，恭喜你晉級！」

小花寶揮揮葉片小手，又從空間裡拿出她之前在湖底撿拾的水晶體。

「我想要這個。」

「妳要水精華？」大龍魚認出了晶體的來歷。

水精華是水元素的凝結晶體，所有富含水系能量的地方都有水精華的存在。

大龍魚會選擇這個湖泊作為棲息地，就是因為湖泊底下有一條水系能量礦脈，這條礦脈可以讓他順利晉級成長。

等他的實力到了高級以後，水精華對他已經沒什麼作用了，現在他還繼續待在這裡，只是習慣了這個環境，懶得移動罷了。

「我可以給妳一部分水精華，但是不能將底下的礦脈都給妳，不然這座湖泊的生態會毀壞。」

大龍魚不懂生態保育、環境保護，但是身為幻靈的他，天生就知道要愛護環境。

「咪嗚！好！」

對於大龍魚的要求，花寶乾脆地點頭同意了。

她本來也沒有想要礦脈，她只是想要收集一些水精華給商陸而已。

得到花寶同意後，大龍魚操控水流，捲起散落在湖底地表的水精華，又從礦脈的分支挖了一小段給花寶。

「咪嗚！好多！」

見到堆如山高的水精華，花寶開心地在雲朵上蹦蹦跳跳，揮舞著葉片小手將水精華收進空間。

「咪嗚！空間都快裝滿了！」

花寶看著被水精華塞了八分滿的空間，覺得自己現在就像一個很有錢的大富豪！

見她這麼高興，大龍魚反倒有些不好意思。

在他看來，這些水精華遠遠低於花寶對他的幫助，這個小傢伙卻這麼容易就滿足了，反倒讓他有一種自己是騙了小孩珍貴寶物的壞叔叔。

大龍魚看了岸邊的商陸等人一眼，問道：「妳這些東西是要給妳的人類夥伴的？」

「咪嗚！對！商陸來這裡找材料，要帶回去給白老師跟學生噠！」

「既然這樣，我把湖底的兇獸骸骨跟心核都給妳，這些他們人類都很喜歡。」

大龍魚操控水流，將湖底搜刮了幾回，將他以前吃掉的兇獸殘渣都打撈出來，全部送到岸邊堆成了幾座小山。

兇獸的骸骨跟心核可以製作成武器和防具，這些裝備用來對付兇獸跟深淵怪物相當有效，比人類使用科技製作的熱武器要強大許多。

「咪嗚！謝謝你！你真好！是個強大又好心的好幻靈！」

花寶雙眼發光地看著大龍魚，翠綠眼眸充滿崇拜。

大龍魚的金瞳微瞇，喉嚨發出嗡鳴的笑聲，顯然被誇讚得很高興。

「我看妳似乎沒有自保手段，我教妳『水流』和『水彈』兩個招式，以後要是有人攻擊妳，妳就用水彈轟他。」

「咪嗚！好！」

小花寶高舉葉片雙手，非常熱情地想要學習新招式。

大龍魚的犄角發出藍色光芒，光芒凝成一顆光團衝向花寶，融入她的體內。

幻靈之間也可以教導彼此學習新技能，但一般都是口頭傳授並進行行動上的指點和練習，只有高級和君王級幻靈能夠用「意念傳輸」，將技能直接傳給其他幻靈，但是也不是所有技能都能傳授的。

無屬性的技能，例如「衝撞」、「閃避」、「震懾」這些，所有幻靈都能夠學習，但是有屬性的，例如「水流」、「火焰彈」、「土牆」、「植物生長」等等，就只有該屬性的幻靈才能夠學會。

花寶是相當稀罕又特別的幻想系，學習各類招式並不受到屬性限制，所以大龍魚才會教她這兩招。

當藍色光輝散去時，花寶恍恍惚惚地睜開雙眼，她現在已經獲得「水流」和「水彈」的知識了。

「咪嗚！水彈攻擊！」

她霸氣十足地揮舞葉片小手，對著水面投射出一顆水彈。

氣勢一百分，可惜攻擊力只有一分。

那顆小水彈就像一顆小石頭落入水中，激濺出一點水花和漣漪就沒了。

「……第一次就能發出水彈，妳的悟性不錯。」大龍魚善良地給予鼓勵，「妳只需要多練習，就可以像我這麼強大。」

大龍魚對著不遠處的小山丘發出一發水彈，巨大的水彈直接將山頭轟沒了。

「咪嗚！你好厲害！棒棒噠！花寶以後也要像你一樣厲害！」

花寶激動地狂拍小手，嘴裡不斷發出稱讚。

大龍魚矜持地點了點頭，鼓勵道：「想要變得跟我一樣強大，就要多練習技能，多吃滋補的東西。」

「咪嗚！好噠！花寶會努力！」

「我回湖底去了，妳也回到人類夥伴身邊吧！」頓了頓，大龍魚又對著岸邊的人類說道：「我允許你們在這裡停留，也可以捕食湖裡的食物吃。」

說完話，大龍魚就潛入湖底繼續睡覺了。

03

花寶坐著小雲朵飄回岸邊後，就被商陸拉著仔細檢查一番，確認她沒有受傷。

雖然先前大水怪並沒有傷害花寶的意圖，但是大水怪活動的動靜那麼大，大半個湖泊都隨著他翻騰，花寶又那麼小一隻，隨便一波水浪或是一陣風都能將她捲走，一顆小石頭都能對她造成傷害，怎麼讓人不擔心？

「咪嗚，我沒事噠，我有用護盾保護自己！」

感受到商陸對她的擔心，花寶連忙握著商陸的手解釋道。

「以後不可以亂跑，知道嗎？」商陸鬆了口氣的同時，也不忘板起臉叮囑花寶。

「咪嗚！知道啦！花寶很乖噠！」

花寶討好地對商陸笑笑，連忙轉移話題。

「大龍魚很好，他教我水流和水彈！」

「那妳要好好練習。」商陸順著花寶的話附和道：「水流可以進化成『水龍捲』，水彈可以升級成『水砲』，兩個都是實用又相當厲害的招式。」

「小花寶，這些兇獸骸骨跟心核是怎麼回事？也是大龍魚給妳的嗎？」江海指著三座小山高的骸骨，笑嘻嘻地插嘴詢問。

「咪嗚！是噠！除了骨頭，他還送我很多水精華！」

花寶從空間裡取出水精華在他們眼前獻寶。

「大龍魚還說，我們可以在他的領地休息，也可以撈水裡的魚吃。」

「看來大龍魚很喜歡妳。」商陸笑著說道。

「當然啦！我們花寶這麼可愛，誰不喜歡？」江海也跟著誇讚。

他們都沒有詢問大龍魚的進化是不是跟花寶有關，甚至刻意地忽略過去。

這件事情牽扯太大，如果花寶真有讓高級幻靈進化成君王級的力量，那她就會成為眾多勢力爭搶，甚至是毀滅的目標。

商陸跟江海都不希望見到這種情況發生。

直播間的觀眾們也有多種猜測，不過占據最高票數的仍然是「大龍魚的實力積攢到一定程度，自己進化了」。

也有觀眾不認同這一點，畢竟許多高級契靈都在這個關卡卡了十數年、數十年，他們的力量積攢也足夠啊，怎麼他們就沒有進化呢？

肯定是花寶帶給大龍魚某種進化契機！

只是花寶給大龍魚吃的龍鱗果，外觀跟另一種常見的能量水果差不多，再加上龍鱗果十分罕見，人類現有的文獻和研究上並沒有它的記載，沒有人認出它的真實身分，而知道龍鱗果存在的白光禹老師等人自然不會多說，這條最明顯、最重要的線索就被隱藏了。

大龍魚的進化雖然讓人驚奇，但是大龍魚也不可能被收服，一群人討論過後就拋在腦後了，堆在岸邊的那些兇獸骸骨和心核更加吸引觀眾的目光。

兇獸骸骨和心核可以製作成各式裝備，就連那些碎骨也能磨成粉末作為「強化膏」，塗抹在鱗甲類的契靈身上可以讓他的鱗甲更加堅硬，是幼兒期和初級鱗甲類契靈的必備品。

而兇獸心核就更加珍貴了。

契靈吃了兇獸心核後，有機會能領悟到兇獸的技能，增強自己的實力！

直播間的畫面中，一大堆契靈師都嚷著要購買兇獸的骸骨和心核。

商陸也清楚，即使秘境的規矩是「誰獲得的寶物就屬於誰」，但是花寶在眾目睽睽下獲得這麼多兇獸骸骨和心核，還是不費吹灰之力得到的，肯定會有一堆人嫉妒眼紅，要是不分一些出來，往後怕是會有一些麻煩找上門。

秘境中也有「見者有份」的說法，不過江海並沒有跟商陸分這些資源的念頭，他和他的契靈不需要這些東西，他的巡夜人團隊成員裝備齊全，契靈都培養到高級了，也不缺這些物資。

至於一直試圖聯繫他的巡夜人總部，江海則是直接無視了。

商陸跟花寶說明情況並獲得她的同意後，分出一部分兇獸骸骨進行抽獎。

「我大致看了一下，這裡初級、中級和高級的兇獸都有。」商陸對著直播鏡頭說道：「詳細的數字不清楚，不過每一個等級的骸骨應該都有五、六百公斤……嗯？我說得太少？」

商陸看著反駁數量的留言，笑了。

「你們不會以為這裡的骸骨都有能量吧？這些骸骨在湖底下也不知道放了多久，很多能量都消散了。」

為了證明自己的說法，商陸隨手撿起一塊黃褐色的骨頭，雙手輕輕一掰，手臂粗的骨頭就碎裂成數塊，這就是能量散盡後的骸骨狀態。

失去能量的骸骨就跟垃圾一樣，完全沒有價值，免費送人也沒人想要。

「我大致扣除了沒有能量的骨頭，估算出來的數字差不多是這樣。」

商陸輕描淡寫地解釋了一句，他估算的數字自然是有水分的，不過為了不讓某些人覬覦，他灌點水很正常。

觀眾們透過鏡頭畫面，只能看見骸骨山的外側，而外側的骨頭確實大多都是黃褐色，一看就是能量已經消耗殆盡的模樣，自然不會懷疑。

即使有少數人提出質疑，也會馬上被人轟回去。

就算商陸估算錯誤又怎麼樣？那是他的東西，你一個外人算得那麼清楚做什麼？覬覦別人的東西還這麼囂張，不怕天打雷劈啊？

「這些骸骨同樣用抽獎的方式贈送，我們就抽一百份，每一份裡頭會有兩公斤的初級骸骨、一公斤中級、五百公克高級骸骨。心核就不送了，我要帶回去學校。」

別看五百公克似乎很少，高級兇獸骸骨在商店裡都是以十公克、五十公克、一百公克的規格販賣的，贈送五百公克已經相當多了！

「抽獎方式跟之前一樣，在直播間留言『秘境與我：江海與商陸』，三分鐘後開始進行抽獎。」

在觀眾們瘋狂留言時，商陸通知了駐紮在秘境裡頭的商榮集團分部，讓他們過來整理和運送這批骸骨回去。

由於入夜後迷夢秘境不適合行動，所以分部成員是在隔天上午抵達的。部門成員一共來了二十名，隨隊的還有一支商榮集團培訓、人數高達一百人的武裝護衛隊。

一行人騎著迷夢馬前來，還帶著自帶空間的契靈和空空球，運送物資絕對沒有問題！他們抵達時，引起了在湖底睡覺的大龍魚注意，大龍魚浮到水面，碩大的金色豎瞳直勾勾地盯著這群闖入者，強大的威壓讓眾人冷汗直流、瑟瑟發抖。

花寶急忙上前解釋，說這些人是來幫忙搬運骨頭回去的，不會停留太久，大龍魚這才接受。

因為不喜歡吵鬧，大龍魚也不在湖底睡覺了，直接騰空飛走，也不曉得去了哪裡。

商榮集團的分部成員忙碌了一整天，這才將兇獸骸骨和擠滿花寶空間的水精華裝運回去。

兇獸的心核則是由商陸自行收起，沒有讓他們帶走。

04

商陸和江海並沒有在夾心湖久留，他們將兇獸骸骨交給部門成員，並安撫大龍魚後就啟程前往下一個目的地了。

經過半天的行程，他們跨過了迷夢秘境的第一層，進入第二層的範圍。

如果說，第一層的明媚景致是世人能夠接受和想像出的美景，第二層的風景，就有些超乎人們的理解了。

第二層的樹木比第一層稀少，視野明顯開闊許多。

這裡的樹木顏色相當單一，灰白色樹幹、楓紅色樹葉，茂密的樹葉間藏匿著藍紫色的果實。

雖然這裡的樹林顏色沒有第一層那麼繽紛，但是偏暖的柔和色調讓人看了相當舒服。

一行人才剛踏入第二層，迷夢馬就搖搖晃晃地飄了起來，隨後在半空中穩定了身形。

「秘境第二層有特殊磁場，迷夢馬受到磁場影響，可以在這裡懸浮飛行。」江海拍了拍迷夢馬，笑著對觀眾解釋道。

迷夢馬的行動雖然輕盈，卻還是驚醒了藏匿於草叢和樹叢間的生靈，一隻隻發著螢光的半透明小魚驚慌地在空中游動，一圈圈不規則狀的虹色光圈飛舞，星星點點的光團子發出清脆的鈴鐺聲響，在空中蹦蹦跳跳。

他們彷彿進入了一個神奇的精靈國度。

「第二層又被稱為『精靈區』，這裡的精靈類似於奇幻故事中的精靈、妖精、元素精靈這類生靈。」

江海笑著戳了戳飄到身邊的發光小魚，把小魚嚇得四處竄逃。

「我們身邊這種魚形的發光體，其實是一種特殊的能量和磁場的聚合體，也是幻靈的一種，名叫『魚靈』。

「魚靈本身沒什麼攻擊力，但是他們對於第二層區域來說是不可或缺的存在，他們的食物是青苔、藻類和飄散的能量，這些食物和能量會在魚靈的體內混合，變成具有滋養性的混合物，魚靈排出這些混合物後，這些混合物會成為土裡的養分，被動物和植物吸收，讓他們生長得更加茁壯。

「魚靈雖然是幻靈，卻無法跟人結契，也不能帶到外面飼養，他們只能生存在這個環境之中。」

手指一轉，江海指向在空中飄浮的七彩光圈。

「這種發著彩虹光的光圈其實也是一種幻靈，名為『虹圈』，同樣也是不能契約、不能帶到外面去的。」

江海伸手觸摸虹圈，手卻是直接穿過虹圈。

「虹圈是光芒的聚合體，跟幽靈一樣，是虛體的、沒辦法觸摸的。虹圈的性情溫和，除非你故意激怒他，不然他不會主動攻擊你。

「虹圈的攻擊手段是放出強光讓敵人短暫地失去視覺，自己迅速逃跑躲藏，並沒有其他有效的攻擊和防禦手段……」

就在江海介紹周圍的幻靈時，一朵朵雪白的巨大蒲公英也飛了出來，跑到花寶身旁將她包圍起來。

「大家看，我們之前在安檢門見過的噗噗花出現了。」

江海揑著空拍機，將鏡頭移向花寶和噗噗花群。

「噗噗花的行蹤遍布整個秘境，不過他們最愛的棲息地是這裡，所以來這裡的人只要進入第二層，就能見到許多噗噗花。」

花寶見到熟悉的噗噗花，隨即從空間裡取出之前抽獎獲得的糖果、零嘴、餅乾和飲料給他們，作為見面禮。

噗噗花們開心地收下零食，而魚靈和虹圈感應到這些零食的香氣和能量，也紛紛聚集過來討要。

被眾多魚靈跟虹圈團團包圍的花寶，連忙又進行抽獎，花了三百張抽獎券，獲得兩百多份零食，讓這些幻靈們都分到一份零食禮包。

收到禮包的幻靈們也紛紛回贈花寶禮物，一朵花、一根草、一顆小石頭、一片掉落的樹葉……

物品看起來並不貴重，卻是幻靈們覺得喜歡並且認為有贈送意義的心意。

花寶並不是看重禮物價值的人，就算是隨處可見的花草碎石，在她看來，這些東西都有它的特點和趣味，高高興興地收下了禮物。

互相贈送過禮物後，這些幻靈也沒有散去，他們圍繞在花寶和商陸等人身邊，像是看熱鬧一樣地圍觀。

「秘境的幻靈基本上都是友善的。」

江海攤開手掌，讓其中一朵噗噗花降落在掌心處。

「只要你們不闖入他們的地盤，不主動攻擊他們，用友好並且尊重的態度對待幻靈們，雙方就能和平相處。

「如果誤闖了幻靈的領地，也不用害怕，幻靈會先對你發出警告，確認你的來意，只要你表明自己沒有惡意，會立刻離開，幻靈也不會追究你侵入他們領地的事情。」

在江海進行介紹時，一旁的商陸從大白狼的空空球裡取出幾包能量果凍，拆開果凍堆放到盤子中，餵食幻靈們。

「很多人都知道幻靈是智慧生物，但是很多人都以為，幻靈的智商大概就跟貓狗差不多。

「其實，根據科學家的研究，大多數的幻靈智商相當於十幾歲的少年智商。」

就在這時，商陸插話說了一句：「目前的最新研究，部分幻靈的智商等同於人類青少年時期，也有極少數幻靈，智商比人類還要高！」

商陸這話一出，整個直播間譁然，沒有人願意相信，幻靈的智商竟然比人類高。

「幻靈是智慧生物，就跟我們人類一樣。」商陸再次強調道：「我知道，很多人都會因為幻靈近似植物和動物的外表，將他們當成植物和動物一樣的存在，輕視他們、貶低他們，沒有將幻靈當成平等的智慧種族對待，不得不說，這是人類不知所謂的高傲。」

以外表評斷其他生靈，這是人類慣有的通病。

「我知道，有些人將幻靈視為工具，對他們只存在利用，甚至還有反幻靈的團體，認為幻靈生存在秘境中，是對人類的危害，只要把幻靈驅除出秘境，人類就可以獲得更多資源……」

商陸眼底閃過一抹憤怒，語氣也冷淡了一些。

「我想要告訴那些人，秘境本來就是幻靈的故鄉，是我們這些人類占據了幻靈的資源，人類才是入侵者！」

「商陸說得沒錯。」江海也冷笑一聲，顯然對那些人的腦殘言論也相當不喜。「說真的，我每次看到這種強盜言論的時候，就會覺得幻靈的脾氣實在是太好了，要是有人入侵我的家園、占據我的生存資源，還用各種虛偽造作的言論洗白自己的行為，我真的會想要殺了他！」

商陸和江海給觀眾科普幻靈，直播間裡的留言也議論紛紛。

「最討厭那些反幻靈的人了，他們總說幻靈有危害，總有一天會凌駕人類之上，掌控世界和人類，還舉例許多幻靈犯罪的案件！哈！真好笑，舉例都不仔細看案件內容，那些傷害人類的幻靈，都是因為人類先捕殺他們的同伴，他們才憤怒報仇的！」

「如果真要看犯罪案件數量定罪，人類犯的罪可比幻靈還要多！人類殺死的人也比幻靈多！」

「那些反幻靈聯盟的人嘴上說是為了人類、為了世界，其實根本不是！他們反幻靈的原因是為了要『吃幻靈』！他們認為吃了幻靈就能健康長壽、永保青春！可是現在的法規規定不能吃幻靈，違者判以重罪，更嚴重的會判死刑，他們當然要想辦法廢了這條法規囉！」

「幻靈本來就是畜生，為什麼不能吃？」

「真好笑，你們覺得不應該吃幻靈，同情幻靈，可是你們不也是吃牛羊豬雞鴨魚嗎？為什麼就不同情這些動物了？」

「又來了、又來了，反幻靈聯盟又拿這一套說法來了。（翻白眼）」

「現在正在研發新式的科技肉，用來取代家禽牲畜，只是科技肉的成本太高，目前還不能廣泛地推廣使用，如果反幻靈聯盟真的那麼悲天憫人，建議可以投資科技肉的研究，讓研發速度快一點喔！（微笑）」

「早年出土的甲骨文上有記載，『秘境為靈之居地』，這就證明秘境是幻靈的棲息地！」

「古時就有皇帝師從幻靈，從幻靈那裡學習知識，這些《史記》上都有記載。」

「在部落時期和封建王朝時期，幻靈是古代人的信仰，被尊為神明和神獸，並且以幻靈的模樣作為旗幟和信仰圖騰，這樣的關係直到工業革命時期才有改變。」

「說起工業革命，那時期的人竟然認為跟隨幻靈老師學習是一件愚昧又丟臉的事，甚至還有人寫文章批評。我就不懂了，追根究柢，他們學習的知識最早就是幻靈傳承下去的，他們是在抗議些什麼？」

「工業時期，人類因為科技發明和槍械的誕生，認為不再需要依靠幻靈，甚至還拿幻靈當作製作材料，開始獵殺幻靈，跟幻靈的關係變得相當惡劣，再加上工業污染嚴重，許多幻靈忍受不了被污染的環境，紛紛回到秘境隱居，那個時期的幻靈跟人類是最疏離的。」

「最好笑的是，人類惡意地獵殺和驅逐幻靈後，深淵裂縫誕生，深淵怪物出現，人類發現使用科技武器無法擊退怪物，又回過頭求幻靈了……」

「所以說，最噁心、最作死的就是人類！」

「有個說法是，深淵裂縫是因為工業時期的嚴重污染而出現的……」

「我曾經誤闖一個地下網站，那網站是一些喜歡虐待和獵殺、吃幻靈的人的聚集地，網站的影片血腥又殘忍，那些人根本不能算是人！他們是噁心的怪物！當天我就向巡夜人舉報那個網站了，可惜沒能找出拍影片的那些人。」

「竟然還有這種網站？真恐怖！」

「有些人可能認為，那些人虐殺的是幻靈，又不是人，幹嘛這樣大驚小怪？我就想問，他今天能夠因為心情不好虐殺動物，你能保證他哪天不會因為心情不好而虐殺人嗎？」

「我學心理的，以心理學來說，會從暴力虐待、虐殺中尋求快感的人，他們只會逐漸上癮，並且行為越來越大膽，今天虐殺動物、明天殺人，這都是很有可能發生的事。」

「媽呀！這些人根本是心理變態！」

直播間的留言刷得飛快，各種觀點各有支持者，其中不乏一些噁心人的槓精存在，不過整體而言，直播間的討論是偏理性的，而這也是商陸和江海想看見的情況。一些藏於陰暗處的事件，不怕揭穿，就怕沒人關注、沒人在意、沒人討論。

在深淵大戰過後，被大戰危機壓著的反幻靈聯盟和犯罪組織開始重新萌芽，甚至有越演越烈的趨勢，商陸他們不希望看見好不容易到來的和平又被這些人破壞，所以他們先放出一些消息，讓民眾關注並且留意，心底有一些準備和預防。

第五章

迷夢秘境的尋寶之旅

01

商陸跟江海在潛移默化地引導觀眾思考，而花寶則是跟一千幻靈再度開啟尋寶之旅！

花寶盯著空間裡頭的尋寶指針，跟隨指針的指引前進，幻影蝶護衛在她身旁，秘境的幻靈們覺得有趣，也跟著追在她身後。

「咪嗚！這裡！挖！」

花寶指著雜草叢生的草地，確定目標位置後，激動地叫喊。

「蝶蝶！挖！」

幻影蝶才想使用能力挖掘，圍觀的幻靈們動作更加迅速，十數個虹圈直接鑽入地裡，連挖掘、翻土都不用，瞬間就從上千公尺的地底下找出了東西。

大大小小的骸骨碎片和土黃色結晶體堆放在花寶面前。

骸骨碎片有兇獸的也有幻靈的，因為死亡時間過久、骸骨過於細碎，能量已經消散得差不多了。

反倒是土黃色的結晶體，能量豐沛，帶著一股穩重、沉厚之感。

花寶歪了歪腦袋，對照著先前進行三百抽抽零食時，抽取到的書籍《千種秘境寶貝大全》，認出了那些土黃色結晶體的來歷。

「咪嗚？土精華？」

土精華是土系能量經過數百年、數千年時光所凝結而成的晶體，對於土系幻靈的成長、晉級以及領悟土系技能相當有幫助。

不過這東西對於花寶沒用，在年幼的花寶眼中，這土黃色的不規則結晶體還不如彈珠漂亮，而且花寶不管是成長、晉級或是修煉，都跟土系無關，它的能量不是花寶需要的。

不過尋寶指針說它是寶物，花寶自然也不會將它隨意丟棄。

她本想將土精華分成數等份，噗噗花跟虹圈、幻影蝶都有一份，只是噗噗花跟虹圈都說不要這東西，這東西對他們沒用，花寶只好收回。

幻影蝶也只取了一些土精華，打算轉送給認識的土系和植物系幻靈。

植物系幻靈需要的是植物系能量，但是就像植物離不開土壤一樣，他們也需要補充一些土系能量強壯自身。

土精華能夠讓小樹人強化樹幹的堅韌度，增強部分樹人的天賦技能，在植物系幻靈的成長過程中，是相當好的滋補品。

江海的小樹人培育已經到了高級，這些土精華對他而言就沒有那麼重要了，吃或不吃都可以。

不過在江海的巡夜人團隊中，有些契靈師培育的土系和植物系契靈只是中級，這些土精華對他們來說就相當有用了。

土精華珍貴又難得，市售價極高，身家不夠豐厚的契靈師只能選擇採購土精華的低價替代品給契靈吃，只是既然是廉價的替代品，它對契靈的幫助肯定是比不上土精華的，所以那些契靈的成長自然不是十分出色。

這是因為契靈師吝嗇錢財付出嗎？

不是。

那些契靈師並沒有貪圖享樂，反而是將薪水和大半身家都花在培育契靈上頭，自己過著縮衣節食的日子。

沒能將契靈培育得強大又優秀，也讓契靈師們相當懊惱。

現在花寶挖到這些高品質的土精華，幻影蝶就想帶一些回去給熟識的契靈，讓他們補補身體，變得強大起來。

花寶在幻影蝶收下土精華後，自己也將剩餘的收入空間裡，而後要繼續盯著尋寶指針，吆喝著幻靈們，跟著她開開心心地朝下一個目標奔去。

有身為秘境嚮導的噗噗花和虹圈在，還有幻影蝶在旁護衛，不用擔心花寶會遇見危險，商陸和江海騎著迷夢馬，慢悠悠地跟在後方，大黑虎和大白狼伴於兩旁，而行動速度慢的小樹人則是窩在江海乘坐的馬匹上。

直播鏡頭也分成兩組，前後各一組。

前進途中，直播間觀眾不再關注沿途風景，而是熱鬧地說著先前的情況。

「我知道虹圈會遁地脫逃，沒想到他們還能在土層下面尋寶！」

「不是說虹圈是虛體，碰觸不到任何東西嗎？怎麼他們突然能夠拿取物品了？」

「媽呀！要是礦山的礦主養一群虹圈，根本不用機器和炸藥開採礦山，直接讓虹圈進去挖礦就行了！」

「那也要你能養！這些虹圈又不能離開秘境，也沒辦法捕捉，要怎麼養？」

「進秘境跟他們結契？」

「呵呵，你以為迷夢秘境這麼好闖？第一層就能扒了你一層皮！第二層被稱為『兇獸園』，你自己想想其中的危險性！」

「肯定是看江隊他們走得這麼輕鬆，完全沒有遇見危險，就以為那裡是觀光風景區。」

「花寶他們怎麼跑到河邊了？想玩水啊？」

「看起來不像……花寶好像在找東西？一直沿著河邊走來走去。」

「又在找東西？她之前找到了星辰水晶蘑菇、大龍魚、土精華還不夠，現在還想找什麼？」

「前面的，你少算了大龍魚送她的水精華跟兇獸骸骨和心核！」

「這契靈不是治療型幻想系嗎？怎麼天賦像是尋物類的？」

「說不定她還有一個天賦是尋寶？」

「舉手發問！幻想系幻靈到底是什麼？她很特殊嗎？」

「幻想系幻靈基本上就只存在於神話和傳說故事之中，據說幻想系幻靈不受規則約束，任何系別的技能都可以學習！」

「你翻翻歷史書，上面被當成神獸、神仙膜拜的幻靈，有一半都是幻想系！像是可以召喚雷霆風雨的神龍；掌管天下之火、可以讓人起死回生的鳳凰；性情溫和、庇護人類和世界的麒麟；形體像島嶼一樣巨大、可以御水而行的玄龜；可以預知未來和命運的造化蝶；能夠變化成魚、鳥類、獸類等多種形體的萬象蜃，『海市蜃樓』就是在形容萬象蜃的多變……」

「原來幻想系那麼厲害啊！」

「他們停下了，虹圈又鑽水裡了！不知道這次會找到什麼？」

「這虹圈真不錯，能鑽土也能潛水，能穿牆、還能飛！可惜不能契約……」

「穿牆能飛有什麼用？又沒有戰鬥力！」

「我又不去秘境，也沒想要成為職業契靈師，就只是想養隻寵物陪伴不行嗎？虹圈長得漂亮，身上的顏色會隨著光照變化，還會發光，而且他們不需要進食，不用替他們梳毛、洗澡、清便便，養他們多省事省錢啊！」

「虹圈晚上可以當裝飾燈，拍照的時候可以讓他們補光，可以讓他們幫忙收快遞、拿東西，出門逛街可以讓他們提包包，多好！」

「你這是養寵物嗎？你是想養工具靈！」

「嘖嘖！世風日下，人心吶……」

「這麼一說，感覺虹圈很適合懶人哩！」

「快看！花寶他們停下來了！是找到東西了嗎？」

「這河水可真奇怪，明明是湍急的大河，水中卻冒著一堆火？而且這火焰還相當旺盛，完全沒有被水澆滅？」

「秘境嘛！這裡的事物本來就不能用常理判斷。」

「這火焰我知道，叫做『水焰火』，它其實是一種兇獸，會吃人的！」

「真的假的？這火焰是兇獸？」

「算是兇獸的一種，不過比其他兇獸溫馴多了，只要沒有侵犯到他們，這些水焰火一般都不會理會。」

「你們看！花寶往水焰火過去了！這隻小契靈是想做什麼？找死嗎？」

「水焰火會產出火精華，用來讓他棲息的環境充滿火元素，花寶該不會是來找火精華的？」

「小傢伙該不會是想把水、火、木、土四大元素精華都收齊吧？胃口很大啊！」

「其他的我不想要，但是木精華我想買！」

「廢話！其他三種精華人類都不能用，只有木精華是生命結晶，人類也能吃，被廣泛運用在醫療、藥品和食物中，讓人身體健康、延年益壽、年輕有活力，誰不想要？」

「你們離題了吧？現在花寶是在水焰火這裡，跟木精華無關！」

「就是啊，說不定花寶只是湊巧找到這三種，並沒有一定要找齊四大元素精華。」

「咦？噗噗花朝水焰火飛去了，噗噗花是植物系的，不怕火嗎？」

「不知道。噗噗花因為沒有戰鬥力，除了偵查之外也沒有其他附加價值，所以研究人員並沒有特地去研究他。」

「幻靈那麼多，而且一有新秘境出現就會有新幻靈，不可能全部都進行研究。研究人員大多是專攻一種系別或是某幾種幻靈族群……」

「可以理解。研究要有成果，而且這個成果最好是對人類和世界有助益的，這樣一來，研究目標的取捨上自然是會偏向天賦不錯、已經有一定成績出現的幻靈了。」

「別討論了！快看噗噗花！他們好像在跟水焰火溝通！這群噗噗花跟水焰火認識嗎？」

水焰火族群雖然是火屬性兇獸，他們卻喜歡依水而居，又因為水火不容的情況，他們都會找尋廣闊、湍急、水量洶湧的大河作為棲息地，讓河流不會被他們的火焰蒸乾了。

他們的領地位置位於大河中上游，面積最寬廣的河道段落，根部直接紮在河底，因為水焰火族群的關係，這一段的河水都成了蒸氣騰騰的熱水。

跟水焰火的龐大群體比起來，小花寶就像是小貓咪遇上大老虎，都不夠人家一口吞的份！

看著尋寶指針直指水焰火族群的位置，感受著水焰火族群的氣場威壓，小花寶也沒有貿然行事，而是打算放棄這處位置的寶藏。

結果噗噗花跳了出來，說他們可以幫忙溝通，小花寶便隨著噗噗花飛到河中央，來到水焰火的地盤邊緣。

經過噗噗花的一番溝通後，水焰火同意讓花寶進入他們的地盤尋寶。

只是水焰火畢竟是火焰，花寶就算能給自己加屏障，也抵擋不住高溫！

這時，虹圈登場了，他們穿入水焰火的地盤，一通找尋，最後翻出了幾顆火紅色的結晶體。

水焰火的地盤就像是火山口，裡頭的高溫能夠燒熔一切物品，能找到的也只有這些由火元素凝結而成的火精華了。

知道他們是來找火精華的，水焰火很爽快地同意贈送。

火精華是水焰火周身豐沛的火元素凝聚而成的，每隔一段時間就堆積如山。

火精華能夠改變周圍環境，讓水焰火生活得更加舒適，但是積累多了也很麻煩，容易堵塞河道，或是因為火精華過多，大量蒸發了河水，導致河道乾枯。

就像是人類需要定期修剪頭髮和指甲一樣，水焰火也需要藉著河流的流水清理掉一部分火精華。

現在有人要替他們清理掉這些東西，他們當然樂意！

花寶也禮尚往來，花了一百張抽獎券進行抽獎，將抽到的食物和零嘴都送給水焰火。

水焰火對花寶的態度很滿意，決定多送給她一些火精華。

在水焰火的指揮中，虹圈開始一堆堆地往外搬運火精華，水焰火讓虹圈搬走了五分之一，其餘的留下。

這些可是水焰火長年積累的火精華，即使只有五分之一，份量也不少了，花寶原先清空的空間完全裝不下！

於是在抽獎贈送出一百份，江海也拿取部分火精華後，商陸再度發動「召喚大法」，讓商榮集團秘境分部的職員前來處理剩餘的火精華。

一時之間，想要購買火精華的人紛紛聯繫商榮集團、北安契靈師大學和巡夜人團隊，而一直關注直播的白光禹等多位英靈老師也紛紛找上校長，讓他注意關注並處理後續事宜。

02

江隊和商隊在秘境中得到諸多寶物的消息很快就在網路上擴散開，聽說他們每次獲得東西都會抽獎贈送直播間的觀眾後，所有人都將手機和電腦開著，即使是在上班、上課、忙著生活大小瑣事，也都讓自己掛在直播間裡，就怕錯過了下次抽獎！

直播間的人數迅速攀升，竟然直接來到了九千多萬人！要不是緊急追加了伺服器，整個直播間怕是會被擠爆！

羅導看著直播間的在線人數，激動得在飯店的房間內蹦蹦跳跳。

從早上開始，廣告商、投資商和一些要買東西的富豪紛紛打電話給他，沒有一刻停歇，他說話說得口乾舌燥，嗓子都啞了！

幸好後來通訊器沒電了，這才讓他得以歇息一會兒。

不過也沒能歇息多久，因為那些人打不通他的通訊，就找上了跟他一同出來的企劃、攝影師等工作人員，此起彼落的來電鈴聲在房間內迴響，讓羅導高興又煩惱。

他雖然在娛樂圈中作風強硬，什麼人都敢罵，可是也僅只侷限在娛樂圈，現在打電話來的人都是他招惹不起的大人物，這可讓他頭疼了。

沒辦法，他只好將那些人記錄下來，並將這份名單傳給江海和商陸，讓他們自行解決。

收到名單、了解事情經過的江海和商陸，直接將這件事情拋在腦後。

他們是來秘境旅遊的，不想因為這些瑣事掃了興致，要處理也要等到出了秘境後再處理。

在火精華之後，花寶又陸續找到幾樣物品，這幾樣東西的價值沒有元素精華高，卻也是不錯的東西。

花寶並不在意物品的價值，她只是喜歡跟大家一起尋寶的過程，就算只是找到幾顆樹果、幾棵菌類，她也會開開心心地收起來。

就在花寶將剛找到的樹靈芝收起時，尋寶指針突然劇烈搖晃起來，指定一個方向後，指針上甚至閃爍著強烈的金光，反應相當強烈。

「咪嗚？」

花寶茫然地歪了歪腦袋，因為指針指著的方向是一處斷崖，斷崖前方空蕩蕩的一片，底下則是雲霧繚繞，看不見任何東西。

如果寶物在斷崖底下的話，花寶肯定會放棄，因為懸崖底下給她的感覺很危險，她不想為了一個不知名的東西害商陸他們受傷，就算是很珍貴的寶物也一樣。

因為有論壇的存在，花寶從出生開始就不曾缺過東西，跟商陸契約後，商陸一手包辦了她的生活，吃喝玩樂、食衣住行樣樣不缺，這也就造成花寶的物質欲望很低，對於寶物也不像其他人那樣，有著強烈的獲取想法。

商陸也是一樣。

經歷過重病和生死危機的他，現在更加喜歡平淡、平靜的生活，他已經不再像年輕人那樣，追求刺激和冒險了。

如果換個人來，得知斷崖底下有寶物，就算告訴他下去尋寶會很危險，可能會九死一生，他也還是會下去試試。

畢竟利益動人心。

「花寶，準備搭營休息了！」

商陸發現花寶和一群幻靈停留在斷崖邊緣，似乎沒打算繼續她的尋寶遊戲，便將她和幻靈們都喊了回來。

「咪嗚！」

花寶和幻靈們一窩蜂地跑回來，瞬間就將臨時營地填滿。

「……」商陸跟江海無奈地看著這群幻靈。

他們現在要搭帳篷、架營火，幻靈們卻將這裡擠得水洩不通，連下腳的地方都沒有，這要怎麼搭？

也不曉得花寶是不是有什麼吸引幻靈的特殊體質，這一路走來，加入花寶尋寶遊戲的隊伍又增加許多，除了先前的噗噗花和虹圈之外，現在又多了疾風草、幽靈鳥、皮皮鬼、幽火等幻靈，這還不包括跟了一段路後又離開的。

「花寶，妳跟妳朋友先到旁邊去玩……不，去找一些乾的樹枝給我們吧！」

商陸本想讓花寶他們去旁邊玩，讓開空地，可是又一想，這群幻靈裡頭可是有皮皮鬼的，皮皮鬼非常活潑好動，最喜歡調皮搗蛋捉弄人，要是他們在旁邊玩瘋了，到處跑來跑去，屆時肯定又是一團亂，還不如讓他們幫忙收集營火要用的樹枝，給他們找一些事情做。

「咪嗚！好噠！」

花寶開心地晃著葉片小手回應，跟她那群幻靈朋友風風火火地跑去撿樹枝。

等到商陸他們將帳篷搭好的時候，花寶跟她的朋友們也撿了小山一樣高的樹枝堆了。

「這……」

商陸跟江海互看一眼，無奈地搖頭笑笑，這座龐大的樹枝山夠他們在這裡燒上十幾天了！

「咪嗚！我們撿了好多喔！」

花寶飛到商陸面前，仰著小腦袋，翠綠的眼眸閃爍著光彩，希望能夠得到商陸的誇獎。商陸當然不會讓她失望，笑嘻嘻地摸摸她的腦袋，大大地稱讚了她和幻靈們，把小花寶誇得臉頰泛紅。

「咪嗚！貼貼！」

花寶高興地跟商陸貼臉頰後，又跑去跟幻靈們玩耍，一群幻靈蹦蹦跳跳、飄來飛去地玩鬧，看上去頗像是群魔亂舞。

商陸和江海忍受著噪音忙碌，將帶來的即時食品弄熟了，招呼著眾幻靈吃飯。

他們也只有在吃飯的時候能夠安靜一些。

嗯，只有一些，因為幻靈們沒有「食不言」的規矩，吃飯的時候依舊會聊天說話，只是音量比玩樂時小一些罷了。

吃過晚餐，天色也暗了，眾人歇息一會兒，消消食，之後便準備睡覺了。

就在這時，皮皮鬼們突然出現。

「皮皮！花寶寶，妳看，這是什麼？」

皮皮鬼遞給花寶一塊扁圓形黑色石塊，石塊的體積跟鴿子蛋差不多，質感像是黑曜石，光滑如鏡、漆黑如墨，石塊表面有淺金色花紋，內裡閃爍著點點火紅光芒，像是裡頭藏著一簇簇的小火苗，看起來頗為絢爛。

「咪嗚？這是什麼？」

「皮皮！我也不知道哇！皮皮！」

花寶拿著黑色石塊仔細端詳，對照著空間裡的書籍辨識，卻認不出物品的來歷。

皮皮鬼兩隻尖尖的手一攤，咧開血紅大嘴，憨憨地笑著。

「妳之前不是一直看懸崖下面嗎？我就下去轉了一趟，那裡什麼都沒有，只有一塊這個石頭，皮皮！」

聽見皮皮鬼們竟然跑到危險的斷崖下方，花寶嚇得頭頂上的幸運草都豎了起來。

「咪嗚！下面很危險的！你們有受傷嗎？」

「皮皮，我這麼厲害，怎麼可能受傷？」皮皮鬼驕傲地挺起胸膛。

皮皮鬼是幽靈系，可以鑽進影子裡，入夜後，到處都是影子，區區下一個懸崖算什麼？他們還可以跑去兇獸群搗蛋呢！

「皮皮！他說錯了！不止他一個下去，我們都下去了！」

另一隻皮皮鬼吐槽，揭穿他的謊言。

「對！這隻臭皮皮說謊！我們都下去了，而且下面也不是什麼都沒有，下面還有草！皮皮！」

體型較小的皮皮鬼眼睛溜溜地一轉，擠開了擋在面前的皮皮鬼們，開始對著花寶吹噓自己的厲害。

「皮皮！我有遇到怪物！還跟怪物打架喔！皮皮！」

「皮？怪物？有嗎？」

性子憨傻的皮皮鬼，疑惑地歪著腦，用尖尖的手撓撓頭。

「皮皮！我也遇到了！我跟兩隻怪物打架！」

精明的皮皮鬼一下子就聽出對方是在吹牛，他也跟著誇耀自己。

「皮皮，我、我跟五隻怪物打架，都打贏了！」

「皮皮！我跟十隻打！」

「皮皮！我、我跟一百隻打！我好厲害！皮皮！」

「皮皮，你騙人，你才不厲害！」

「皮皮，你才騙人，你是騙人皮！」

「皮皮，我比你們都厲害……」

皮皮鬼們爭相吹噓自己的強大，又互相拆台，吵著吵著，一群皮皮鬼就鬧成一團，然後又打成一團。

其他幻靈們也不阻止，還在旁邊加油打氣，為他們吆喝。

——皮皮鬼們一天不吵架、打架就不舒服，幻靈們早就習慣了，與其讓皮皮鬼們禍害其他幻靈，不如讓他們禍害自己人。

03

那塊黑色石頭究竟是什麼？

這個問題的答案，在眾人都進入帳篷睡覺時，花寶從論壇那裡得到解答。

【叮！是一顆幻靈蛋。】

『咪嗚！這是一顆蛋？』

花寶震驚地看著那顆扁圓形的蛋。

為了不吵醒正在睡覺的商陸，她是用精神力跟論壇對話的。

『咪嗚？蛋不是都是圓形的嗎？為什麼他是扁的？』

【叮！他受傷了，蛋內營養不夠，所以扁掉了。】

『咪嗚，蛋蛋受傷了？』

花寶連忙對著幻靈蛋連刷好幾十次的治療術，生怕這顆蛋就這麼死去。

被刷了治療術的乾扁幻靈蛋，就像是充了氣一樣，慢慢地鼓脹起來，變成了圓形，蛋殼面上的漆黑色調盡數退除，變成了金燦燦還有點點星光閃爍的金蛋。

『咪嗚？蛋蛋怎麼變色了？』

【叮！這才是這顆幻靈蛋原本的顏色，之前的黑色是死亡的象徵。】

想到先前幻靈蛋一片漆黑、只餘下點點金芒的模樣，花寶頓時有些心驚。

要是他們發現得晚一點，這顆幻靈蛋就死翹翹了啊！

『咪嗚，那蛋蛋現在健康了嗎？』

【叮！是的，幻靈蛋現在很健康，妳救活了崽崽。】

確定幻靈蛋已經恢復健康，花寶拍拍胸口，大大地鬆了一口氣。

『咪嗚，蛋蛋是怎麼受傷的呢？』花寶摸了摸幻靈蛋，十分不能理解。

幻靈蛋的外殼有保護幻靈崽崽的作用，蛋的外殼沒有破損，蛋裡的營養液沒有流出，照理說是不會傷害到裡面的崽崽才對啊！

【叮！他的母親孕育他的時候受到攻擊，崽崽跟母親都受傷了，崽崽因此早產。】

『咪嗚，那崽崽的媽媽現在在哪裡？』

【叮！將幻靈蛋生出來後，他的母親就過世了。】

花寶在斷崖邊感受到的危險威壓，就是幻靈蛋的母親為了保護孩子所留下的氣息。

『咪嗚……崽崽好可憐。』

花寶心疼地摸摸幻靈蛋，覺得這隻崽崽實在是太可憐了。

『咪嗚，我決定了，我要養蛋蛋！要把蛋蛋養得壯壯的！』

花寶抱住幻靈蛋，宣告著自己的決心。

似乎是聽到了花寶的話，幻靈蛋的溫度升高幾分，蛋殼的火焰花紋一閃一閃的，表達著幻靈蛋的開心。

【叮！花寶很棒棒喔！】

論壇一改平常說話的平板語調，聲音裡多了幾分溫和笑意。

【叮！孵化幼崽蛋並不是一件容易的事，尤其這顆幼崽蛋相當特殊，需要大量的

能量才能孵育，建議花寶多多進行抽獎，看看能不能抽出適合幻靈蛋的孵化艙。】

花寶向來信任論壇，既然論壇要她抽獎，那她就乖乖地抽了。

她足足花費了九百張抽獎券，才成功抽中一個高級孵蛋器。

花寶高興地將幻靈蛋放進孵蛋器中，但是孵蛋器卻沒有運轉。

『咪嗚？孵蛋器不孵蛋。』

【叮！孵蛋器需要能量液啟動，花寶之前獲得的月禮包中有十瓶大瓶裝的優質能量液。】

『咪嗚？我有能量液啊？我找找。』

花寶靠著每日簽到可以獲得週禮包、月禮包、季禮包和年禮包，禮包裡頭的物品相當多，但是這些東西並不是都符合她的需求，一些用不上的物品她會堆放在空間角落，或是贈送給其他人和契靈。

不過因為花寶的交友圈小，熟悉的人和契靈也就那些，而且他們大多不缺資源，所以花寶到現在為止，也只送給商陸一件禮物。

——一個可以查詢自家契靈位置的追蹤手錶。

這個手錶跟定位裝置類似，不過它具有隱匿功能，不會被儀器察覺到它的真正用途，外人怎麼用儀器檢測，都只會發現這只是一只「普普通通的手錶」。

花寶在空間裡翻找了好一會兒，終於找到了能量液。

能量液的外觀是一個大奶瓶的形狀，把奶瓶倒轉，將形似奶嘴的那頭放入孵蛋器的空槽內，孵蛋器就會自動汲取能量提供給幻靈蛋，讓蛋寶寶在豐沛的能量中順利孵化。

看著顯示正在孵蛋的孵蛋器，花寶開心地拍了拍上面的透明蓋子。

『咪嗚，要好好吸收營養，長成健康又厲害的崽崽喔！』

孵蛋器裡頭的幻靈蛋發出一閃一閃的光芒，像是在回應花寶。

花寶滿意地將孵蛋器放進空間裡，自己則是拍了拍小雲朵，躺下睡覺了。

隔天早上，商陸等人吃完早餐後，對著直播鏡頭閒聊，安排著接下來的行程，突然間，一陣地動山搖，把他們晃趴在地上。

幻靈們雖然有些驚慌失措，但也沒有引發騷動，而是待在原地，靜靜地等待地震消失。

等到劇烈的搖晃停下，他們眼前的景物換了。

「朋友們，剛才的劇烈晃動應該是秘境在更換地形！」

江海有些興奮地咧嘴笑著，他確定身邊再無危險以後，拍拍身上的灰塵起身。

「秘境會更換形貌這件事情我有聽說過，不過親身經歷還是第一次！真是太幸運了！」

他抓著距離他最近的空拍機，手動協助它調轉拍攝方向。

「你們看！這裡昨天還是一處斷崖，現在出現一座巨大的岩石山！」

江海他們紮營的地方離斷崖不遠，江海很快就跑到岩石山前面。

岩石山如同其名，整座山都是岩石構成，沒有半根草或是其他生物的存在。

江海摸了摸岩石山的山壁，又摳下一小塊碎石查看。

「外層的石頭並不堅硬，一捏就碎，應該是近幾年才形成的。」

江海掌心一握，用力一捏，雞蛋大小的石頭就被他捏得粉碎。

「不過裡層的岩石，就比較堅硬了。」

江海拿出一把閃著寒芒的合金匕首，在裡層的岩石上戳了幾下又劃了幾下，岩石連一小塊碎屑都沒有落下，表皮更是一丁點刀痕都沒有看見。

在江海研究這座岩石山時，花寶、商陸以及其他契靈、幻靈也都來到岩石山邊。

「咪嗚！副本！」

花寶一眼就認出這座岩石山的來歷。

《契靈守護》手遊每個月都會推出一個新活動，這個月的活動是四個競技場副本，這座岩石山就是其中之一。

這四個競技場是資源副本，顧名思義，就是讓玩家能利用副本收集和積攢各種缺乏的資源。

玩家進入競技場後，跟競技場的怪物展開對決，不管輸贏都能獲得獎勵，贏家可以獲得積分和獎勵品，輸家只有積分，等積分累積到一定程度後，可以在兌換處兌換各種材料和物品道具。

四個副本供應的材料皆不相同，岩石山位於迷夢秘境內，提供的材料以精神系、幽靈系和幻系為主，另外還有時裝、道具和部分珍稀材料，諸如生命泉水、元素精華、讓契靈成長和獲得技能的道具、增強幻靈技能的配件等等。

花寶跟網路上的那群哥哥姐姐來過幾回，雖然她刷副本的次數不多，打架也是輸多贏少，卻也累積了一些積分，換到幾種喜歡的能量水果和零食點心。

花寶沒有吃獨食，而是將這些獎勵品跟大白狼還有學校內的其他契靈分享。

花寶在校園契靈的人氣很高，一是因為她自帶親和力，跟任何種族的契靈都能合得來，另一方面就是因為她樂於分享，簽到和抽獎獲得的食物都會分一些給其他契靈，而收到食物的契靈也會跟她分享自己喜歡的食物或是玩具，一來一往、一來一回之中，契靈之間的友誼就這麼逐漸建立起來了。

04

「來，鏡頭飛一圈，讓觀眾們看看這座岩石山。」

江海指揮著鏡頭後方的節目人員，讓他們操控空拍機拍攝岩石山的完整畫面，商陸也從不同的位置掰下幾塊岩塊收進密封袋裡，準備帶回學校交給研究院研究。

「咪嗚？不進去嗎？」

花寶困惑地詢問著商陸，以前她跑來副本時，都是直接衝進去裡面刷積分，不會在外面多作停留。

「進去？」

商陸收集岩塊的動作停頓了一下，將密封袋遞給花寶，讓她收進空間。

「花寶知道該怎麼進去嗎？」

「咪嗚，知道噠！」

花寶乘坐著小雲朵，帶著商陸來到岩石山的另一側，這處的岩壁上有淺淡的土黃色花紋，花紋跟山壁同色，不細看真是看不出來。

葉片小手拍上山壁的花紋處，轟隆隆的聲音響起，大量沙塵和岩塊自山壁外層崩塌，濺起瀰漫的沙煙。

商陸連忙帶著花寶和大白狼躲避到遠處，等到煙塵散盡才又回來。

只見原先的山壁花紋位置出現一扇巨大的灰色石門，顯然是這座岩石山的入口。

站在另一邊的江海也聽到動靜，急忙趕過來。

「這是……」

「剛才我收集這邊的岩石塊時，岩石山突然震動起來，之後這扇門就出現了。」

商陸將石門說成是自己誤打誤撞弄出來的，沒有牽扯到花寶。

剛才空拍機的鏡頭不在這一邊，商陸確信空拍機並沒有拍到花寶的舉動，這也是他敢將事情攬在身上的原因。

「沒想到這座岩石山是一處古遺跡，要進去嗎？」

江海嘴上這麼問，表情卻是躍躍欲試。

他向來喜歡冒險，當初之所以選擇成為巡夜人，一是因為巡夜人有穩定的薪水、購買契靈需要的資源都有折扣，再來就是因為當時的環境是以成為巡夜人為榮，江海自然受到了影響。

而冒險者沒有固定薪資和工作，想要賺錢要去冒險者公會、傭兵公會、巡夜人駐外點等組織接洽任務，要不就是自己找人組團闖秘境，找尋秘境中的有價值物品販售，那些富有的冒險者，都是靠著積累的任務和實力闖出名聲後，才逐漸富裕起來的。

江海那時候跟三隻契靈結契，一人三契靈貧窮度日，考慮到現實生活，江海自然就捨棄了冒險者。

不過現在深淵大戰結束了，他在契靈師和民眾之間也有一定名聲，契靈也都培育起來了，日常開銷不大，要是辭去巡夜人隊長一職，轉為冒險者，說不定是一個不錯的選擇。

辭職並不是一時衝動，江海已經考慮了幾個月了。

巡夜人總局的內部紛爭、勾心鬥角以及暗中背刺的情況讓他相當不喜，各種單調又繁重的文書工作也令他相當頭疼，要不是顧慮到巡夜人隊員，他早就離職了！

他的隊員有一部分是從一開始就跟隨他的老人，一部分是深淵大戰結束後入職的新人，不管是新人還是舊人，他們都相處得很好。

江海身為隊長，自然是希望自己要是離職了，接任的隊長要能夠對隊員們好，能夠維護自家隊員的，而不是來一個什麼都不會、遇到事情就推隊員出去背黑鍋的空降草包隊長。

就因為要物色人選，他才會一延再延，直到現在都還沒離職。

「咪嗚！進去！裡面有好東西噠！」

知道岩石山裡頭是什麼情況的花寶，率先衝進大門裡，商陸跟江海和契靈、幻靈們連忙緊追在後，生怕這個小傢伙出現意外。

穿過寬敞的走廊後，前方出現一個大型的圓形廣場，廣場周圍環繞著階梯狀的觀眾席，中央的廣場像是一塊完整又巨大的石質平台，石頭廣場表面有各種彩色線條勾勒出的繁複花紋。

廣場周圍有著奇特的岩石雕刻，形狀各異，彷彿是這裡的守護者。

「咪嗚？」

花寶左右張望，小臉露出疑惑。

在手機遊戲《契靈守護》中，玩家進來副本後，秘境之主就會現身，跟他們說明這裡的規則，並且給出積分能夠兌換物資的表單，怎麼他們都進來了，卻沒看見秘境之主呢？

「咪嗚？請問秘境之主在嗎？我們來挑戰了！」

花寶乘著小雲朵飛到廣場中心，對著虛空禮貌地詢問。

「秘境之主？」向來沉穩的商陸瞬間變了臉色。

「什麼？這裡有秘境之主？真的假的？」聽到商陸的話，江海也跟著激動起來，「是那個傳說中的秘境之主？從來沒有現身人前、形象非常神秘的秘境之主？妳怎麼知道這裡有秘境之主？」

就在這時，一聲輕笑聲自虛空傳來，眾人面前的空曠地帶，出現水波一般的波動，在波動的中心處飄出了彩色光帶，光帶糾結盤繞在一起，凝聚出耀眼的彩虹色光輝，一抹纖細又龐大的身影自光芒中浮現。

纖細是指對方的體態線條，而龐大是因為這位秘境之主竟然有五公尺高！

秘境之主頭戴華麗的冠冕，額前有細碎珠串搭配薄紗的額飾，遮去了上半部臉龐，只露出高挺的鼻樑和飽滿的櫻紅色嘴唇。

她的上半身是人形，穿著華麗又繁複的古代禮袍，下半身是霧氣狀，宛若星雲團一樣的霧氣像雲霧繚繞，大部分遮掩在層層疊疊的紗裙覆蓋之下，只在裙襬處露出銀河一般的點點星芒。

「小傢伙，妳來啦？」

秘境之主笑盈盈地看向花寶，沒有理會其他人。

「咪嗚！迷夢女神大大！我們又見面啦！」

花寶雙眼發光、神情滿是崇拜地看著迷夢女神，並沒有在意迷夢女神對她的熟悉態度。

因為小花寶玩遊戲的時候，迷夢女神和其他幾位神靈都對她很好，會跟她聊天，神靈們也跟她說過，他們不久後就會在現實中再相遇，所以花寶並不覺得在這裡遇見迷夢女神有什麼奇怪。

根據《契靈守護》遊戲的介紹，迷夢女神掌管夢境，為生靈帶來美夢、驅逐惡夢，以及在夢境中傳授知識和技能，是一位具有智慧又溫和的「神靈」。

是的，迷夢女神是神靈。

迷夢女神雖然是幻靈，但是因為有生靈的信仰加成，讓她跳出幻靈的等級框架，進階成為神靈了！

而花寶喜歡迷夢女神的理由，並不是因為她的強大，而是花寶覺得這位女神姐姐好帥氣！

用玩家哥哥和姐姐們的說法就是：迷夢女神有一種威風凜凜的女王氣場！出場自帶BGM！

「呵呵，我是小花寶第一位找到的神靈嗎？」

「咪嗚！是噠！」

小花寶乖乖點頭。她沒有刻意找迷夢女神，跟她的相遇是巧合，不過迷夢女神確實是她第一個遇見的神靈。

「很好。」

迷夢女神顯然很滿意花寶的回答，抬手為她加上一道「迷夢女神的祝福」。

有了「迷夢女神的祝福」，花寶增強了對於精神系、幻系的抵抗能力，不容易被催眠和受到幻境影響。

「咪嗚！」

花寶從空間裡掏出孵蛋器，請求迷夢女神也給幻靈蛋來個祝福。

「咪嗚，蛋蛋之前差點死掉，肯定很害怕，會作惡夢！女神大大給蛋蛋祝福的話，蛋蛋就不會作惡夢了！」

「這孩子……」迷夢女神用精神力掃描了幻靈蛋，笑了笑，「這孩子的母親我認識，沒想到她……幸好她的孩子被妳救了。」

既然是認識的幻靈寶寶，迷夢女神自然會給幻靈蛋添加福利，除了給予祝福之外，她還強化了幻靈蛋的精神力和體質，為幻靈蛋打下一個優秀的底子，並給了他一件護身道具，讓他可以發育得更好、更強大！

第六章

迷夢秘境的特殊遺跡

01

迷夢秘境出現上古遺跡，而且遺跡裡頭竟然有神靈一事，很快就在網路上傳揚開來，大量的人潮湧入《秘境與我》直播間，直接把直播間弄崩潰兩個小時，一群工程師頂著眾位大佬緊迫盯人的壓力加快維修速度，好不容易才讓直播間恢復正常。

一些反應快的契靈師、考古協會、巡夜人總局、冒險者團隊等組織團體，已經迅速訂了前往迷夢秘境的車票和飛機票，沒訂到票的就騎著自家飛行系契靈，朝著迷夢秘境趕去。

外界的紛紛擾擾，待在岩石山遺跡內的商陸等人並不知情，即使通訊器響個不停，他們也無法分心關注，注意力都被花寶跟迷夢女神的對話吸引。

兩人表面上不動聲色，心裡則是震驚不已。

小花寶怎麼會認識迷夢女神？

她看起來好像跟迷夢女神很熟悉？

小花寶怎麼知道這裡是迷夢女神的地盤？

難道這座岩石山的出現跟小花寶有關？

種種疑問充斥在商陸和江海心中，尤其是商陸，身為花寶契靈師的他，心底的驚訝不比江海少。

小花寶出了秘境以後，跟他一起生活、一起吃睡，一舉一動都在他的眼皮子底下，她要是有異常，不可能瞞得過他。

而且花寶心性單純，又是個樂於分享的契靈，做了什麼、學了什麼、見到什麼人或幻靈都會跟他說，要是她跟迷夢女神有接觸，不可能瞞著他。

——即使是迷夢女神讓花寶保密，她在他面前也會因為隱瞞這件事情而顯露出異常。

難道是花寶的傳承記憶？

排除掉種種不可能後，這是商陸想到最有根據的猜想。

幻靈是有傳承的，這些傳承藏於他們的血脈之中，那些不用學習、從出生就會的知識和技能，就是傳承的一種。

歐貝拉爾族的族長告訴過商陸，「花寶的來歷特殊，不能將她當成尋常的幻靈對待」，這一點商陸一直銘記於心。

商陸一直以為，歐貝拉爾族族長說的「特殊」，是指花寶時不時能拿出特殊的道具和能量果實，有時候會說出一些他聽不太明白的話，沒想到他還是小瞧了花寶的「特殊性」！

花寶不清楚商陸的糾結，她也不知道她跟商陸對話時，要是提到論壇和《契靈守護》手遊的事，說出的話會被自動扭轉成奇怪的音調，讓商陸聽得一頭霧水，並讓商陸誤以為，花寶哼出的奇怪音調，是她說話發音不準，又或者是找不到合適的詞彙，就含糊地用「嚶嚶」、「噠噠」、「咪嗚咪嗚」等音調帶過。

可以說，論壇的無形影響力直接造成了人和契靈的誤解。

「咪嗚！女神大大，這是我家商陸，這是商陸的好朋友江海，他們是很好、很好的契靈師！」

花寶飛到兩人身邊，向女神介紹他們兩人。

「咪嗚！這是大白狼、大黑虎、幻影蝶、小樹人，他們也都是很好、很好的契靈喔！」

說完，花寶眨巴著眼睛，充滿希冀地看著迷夢女神，等著女神給予他們賜福。

至於那些跟著他們進來的幻靈，他們本身就是迷夢秘境的居民，迷夢女神會庇護她的子民，不需要花寶多說。

看出花寶的心思，迷夢女神笑了笑，也給予商陸和江海兩人祝福。

「咪嗚？還有大白狼、大黑虎……」花寶再度將幾位契靈說了一遍。

「不行喔！」迷夢女神搖搖手指，拒絕了花寶，「不管是契靈或是幻靈，想要的東西要靠自己爭取，這樣才能變得強大。」

迷夢女神的話正好合乎大白狼他們的心意，身為契靈，追求強大、挑戰強者是他們的本能，比起平白無故獲得祝福，他們更想要靠自己的實力爭取。

「嗷嗚！請問我們該怎麼做？」大白狼率先開口發問。

「很簡單，你們只需要挑戰我創造的幻影，贏了就有獎勵，贏的次數越多，獲得的獎勵就越豐富。」

迷夢女神抬手一揮，無數的寶物自虛空浮現，整齊地陳列在眾人眼前。

只要專注地看著某件寶物，腦中就會浮現寶物的名稱、功用和一個標示著兌換的數字，這些內容就連直播間的觀眾也同樣能夠透過螢幕看見，相當神奇！

跟花寶在遊戲中看見的不一樣，這些寶物不是用積分兌換，而是用戰鬥獲勝的次數兌換，每一種寶物上都顯示著兌換的勝場次數。

商陸注意到，最高的兌換次數是三千次，共計三個寶物——

「孵化池」

使用對象：幻靈。

功效：將幻靈蛋浸泡在其中，幻靈可以提高基本體質，並有一定機率獲得新的天賦技能。

使用限制：一次可以浸泡的幻靈蛋上限為一百顆。

「治癒池」

使用對象：人和幻靈皆可使用。

功效：只要還存有一口氣在，不管是現代醫學無法醫治的絕症或是重傷瀕死，都能夠救回。

使用限制：一次可以浸泡的人和幻靈數量上限為十人，並且人跟幻靈可以一起浸泡療傷。

「傳承空間」

使用對象：幻靈。

功效：傳承空間記錄了自古以來數十萬種神靈和君王等級的幻靈絕招，進入傳承空間後，會有幻靈的記憶分靈進行傳授，幻靈有一定機率學會某項傳承或是天賦技能。

使用限制：一次可以進入一百名幻靈。

這三種寶物，每一樣都相當讓人心動，商陸和江海對看一眼，默契地傳達了「一定要得到」的想法。

「請問這裡會存在多久？」商陸詢問著迷夢女神。

要是這座岩石山的存留時間太短，光靠現場這些契靈，很難兌換到那些寶物。

「從今日算起，一個月。」

一個月，三十天，平均一天要獲得一百場勝利，這有可能嗎？

「可以將所有契靈的勝利場次加總起來兌換嗎？」商陸試探地詢問。

「可以。」

「請問這些兌換的獎勵，有數量限制嗎？」商陸又問：「例如治癒池，它只能兌換一個或是可以無限制兌換？」

「那三件最高等級的寶物，每一種可以兌換五個。」迷夢女神語氣淡漠地回道：「其餘的，你們可以自己看，上面都有標示。」

「請問我們能夠找其他契靈師過來嗎？」江海也跟著開口詢問。

「可以。」

很好！

如果只有他們兩人的契靈，想要換取最高層級的寶物肯定有難度，但是要是能找人幫忙，這就簡單多了！

商陸跟江海同時拿出通訊器，將這裡的情況通知認識的朋友，讓他們趕緊過來撈好處！

「嗷嗚！我想要挑戰！」

大白狼等商陸跟迷夢女神對話結束後，邁步而出。

「踏進地上的金圈就行了。」

迷夢女神的指尖輕點，地面上那些彩色線條，有一部分發出耀眼金光，圈成一個又一個的金色圓圈。

「契靈跟幻靈進入，契靈師在這裡等。」

大廳中的金色圓圈共有三十個，大白狼隨意選了一個離他最近的金圈進入，而後瞬間被傳送到另一個空間。

大白狼被金圈傳送走以後，金圈上方浮現一面光幕，即時顯示著大白狼在裡頭的動靜。

「那是單獨開闢的小空間，不管怎麼打都不會波及旁人。」迷夢女神輕描淡寫地解釋道。

已經有契靈的金色圈圈不能再有契靈進入，大黑虎等契靈和幻靈也隨機挑選其他金圈進入。

透過光幕，商陸注意到女神所說的「挑戰」並不是只有戰鬥，在隊裡擔任輔佐的小樹人進入金圈後，他面臨的考驗是讓他種植和培育植物，這是小樹人一族的天賦技能。

小花寶的挑戰對象是一位圓圓胖胖、看起來很和藹的幻靈，這位幻靈弄出一堆零件狀的東西給花寶玩耍，按照她組成的物品打分。

從這些設置就可以看出，就算挑戰失敗，契靈們也能夠從中學習到東西。

02

「對戰結束後，大白身上的傷勢也痊癒了耶！這比賽還附贈治療的啊？」

「太好了！我剛才一直擔心，大白他們要是在比賽中受傷了，沒有契靈幫忙治療，他們撐不了多久，沒想到迷夢女神這麼好，還幫忙治療！」

「迷夢女神氣場強大，表情又冷冰冰的，我還以為她不好相處，沒想到她這麼溫柔！我徹底被她迷住了！女神女神我愛妳！」

「挑戰輸了能學到東西，挑戰贏了有獎勵，女神簡直是在做虧本買賣！（豎起拇指點讚）」

「啊啊啊啊啊沒想到我家鄉的傳說故事是真的！真的有迷夢女神！我還以為那是我奶奶編來騙我們的故事！」

「我家這邊有供奉迷夢女神喔！不過雕像刻得不清晰，跟女神不太像。」

「我、我、我小時候有夢見到迷夢女神！我跟我家裡人說了他們都不相信，還說世界上沒有迷夢女神！我要拍照下來給他們看！」

「天啊！你竟然那麼幸運，能夢見女神！超級羨慕！」

「哈哈哈哈！我已經到迷夢秘境啦！給大家看我跟秘境入口的自拍照！」

「見皮皮鬼了！你怎麼那麼快？我還在路上！」

「我這哪裡算快啊？秘境這邊的巡夜人團隊、冒險者還有考古局的人早就進迷夢森林了，我還在排隊等安檢通關。」

「你們看到了嗎？右上角第二層的獎品裡面有木精華啊啊啊！（流口水）」

「木精華算什麼？看看左上角，兩千點的兌換區有『生命之泉』，可以治療所有疾病和傷勢，並讓人和幻靈重返身體最強大的時期！」

「我沒你們那麼貪心，就只想在一千點的區域得到一個『傳承晶石』，這可是百分之百、保證契靈一定能學會技能的好東西啊！」

「嗚嗚嗚我前天才從迷夢秘境離開！為什麼我要這麼早走！」

「呵呵，我是今天早上離開的，現在正在重新排隊入境，但是因為人數太多，入境人數開始管制，呵呵呵。（狠狠打自己耳光）」

「為什麼要管制？官方想要獨占寶物，不讓我們這些普通契靈師進入？」

「秘境本來就有人數控管，《秘境規則》裡頭有寫。」

「這題我知道！我記得迷夢秘境的總人數上限是一百五十萬人，每日通行人數上限是三萬！」

「什麼《秘境規則》，聽都沒聽過！你們是來給官方洗白的吧？我告訴你，我們雖然只是普通的契靈師，但是我也不是能被你騙到了！」

「哈！自爆了吧！還說自己是契靈師，你根本就是假冒的！」

「成為契靈師以後，會拿到一本《契靈師手冊》，裡頭同樣有寫秘境的人數管控！」

「我雖然是普通人，但我也知道，就算是觀光景點，肯定也會有進入的人數管制，這不是常識嗎？」

「啊啊啊啊！我朋友是商隊的粉絲，看了直播後說要去迷夢秘境，看看能不能偶遇商隊，他約我一起去，我拒絕了，現在他已經快要抵達岩石山了，還發照片跟我炫耀！我好恨啊！為什麼我當初沒有答應他！」

「咦？還不到一小時就有人進來岩石山了？這些人的動作也太快了吧！」

「藍色制服的是駐守迷夢秘境的巡夜人團隊，穿迷彩服的是商榮集團旗下的契靈師團隊，另外一群是專門在迷夢秘境進行研究的考古隊……全都是原本就在秘境這裡的。」

「人多有什麼用？金圈只有三十個……咦？金圈怎麼變成兩百個了！」

「來，跟我說，感謝迷夢女神！女神大方豪氣！我愛女神大大！」

「女神大大又美又颯！我愛迷夢女神！」

「北安契靈師大學也來了！咦？他們的領隊好眼熟？」

「是白老師！我家的白光禹男神！他真的復活了！啊啊啊啊啊太棒了！他死的時候我哭得眼睛都腫了，他能復活真是太好了嗚嗚嗚嗚……」

「更正一下，不是復活，老師他們是變成幽靈了，這件事情北安大學有發出公告！目前還沒有科技或是幻靈能讓人死後復活……」

沒辦法前往現場的觀眾在直播間刷留言刷個不停，而已經抵達岩石山的眾人則是在自家契靈進入光圈後，圍著獎品兌換區瀏覽起來。

「這裡有好多至今還沒被發現、還沒研究出來的品種！快記錄下來！」

考古人員拿出記錄器進行拍照，並在平板上敲敲打打，將這些寶物的名稱和功效都記錄備份。

「不知道能量果實的種子能不能在外界種植？」

說話者只是在自言自語，但是在他的話說出口後，腦中就出現「可以種植」的答覆，還附上了種植所需要的環境和營養成分。

「嘿！這裡還能回答問題！」

研究人員激動地將自己的發現告知其他人，其他人也跟著他的話進行嘗試。而後他們發現，不只是種植方面的知識，如果他們看中某項材料，想知道它的用途或是想要知道這材料該怎麼打造成某項器具，同樣也能得到答案。

「簡直是百科全書啊！以後實驗可以少做一些了！」

髮量有些稀少、黑眼圈有些重的研究員高興得手舞足蹈。

「我們只有一個月的時間，盡量將這些寶貴的知識全都記錄下來！」

白髮蒼蒼、面容紅潤的老教授同樣激動，他吆喝著眾人快速行動。

有了這些知識，他們往後進行研究時就可以少走很多彎路，減少人力物力的浪費，加快研究進程。

另一邊，盯著寶物的一干人也對著獎品區指指點點，記錄下自己想要的物品和需要的勝利場次。

而這些勢力團體的領隊人則是跟白光禹、商陸和江海聚在一塊，討論著後續的合作安排。

雖然白光禹老師是跟他們同時進入秘境的，但是白光禹老師代表著北安契靈師大學，而現場眾人都受過北安契靈師大學和白光禹的恩惠，有的還是白光禹老師教過幾回的半路學生。

即使以社會背景來說，白光禹只是一名老師，而其他人的地位看似都比他高，但是在白光禹面前，眾人對他都相當尊敬，不是喊老師就是喊前輩。

不過尊敬是一回事，他們也不可能將到手的利益拱手相讓。

為了獲得這些寶物，他們自然不可能單打獨鬥，幾方勢力勢必要合作，但是怎麼合作、後續物品怎麼分配，兌換價值最高的那三件寶物，又該怎麼安排，每個勢力都有自己的盤算。

當然，這些事情並不是現在就敲定，而是先訂出一個「分配的共識」，之後的細節再慢慢詳談，畢竟這裡真的不是一個適合討價還價的地方，還有直播間觀眾在看呢！

「……那就這麼說定了，按照獲勝場次次數分配，誰貢獻的成績多，誰就占大頭。」

染著一頭張揚紅髮、衣著時尚又不失機動性的女子將討論作了個總結。

她是「鳳凰傭兵團」團長，在她成名後，眾人都稱呼她為「燕凰」，本名反而鮮少有人知道。

燕凰從小就被鳳凰的傳說吸引，喜歡收集鳳凰相關的一切，她本人也染紅髮、擦紅色指甲油、穿有鳳凰圖樣的衣服，使用各種鳳凰造型的配件，契靈是一隻具有鳳凰血脈的不死鳥。

她曾經跟商陸和江海並肩作戰過幾回，幾人也算是老交情了。

燕凰看了一眼飄到面前的空拍機，對著鏡頭挑了挑眉，露出一個帥氣十足的微笑，把觀眾們迷得神魂顛倒。

「下個月十八號，我們鳳凰傭兵團要招收新成員啦！大家感興趣的話可以到我們的官網看看，我們家給新人的培訓和福利都是業內頂尖的喔！」

燕凰利用節目直播，給自家傭兵團打了個免費的招生廣告，節目團隊也拿她沒轍。真要計較起來，像燕凰這種等級的契靈師，現身鏡頭前都是要付給他們一筆高額的邀請費的，而現在因為岩石山的意外，眾多平常見不到的大佬齊聚《秘境與我》的直播中，宣傳效果比節目組砸上數億元的廣告費還要高，說起來還是節目組賺了！

導演老羅已經收到上百家要購買《秘境與我》剪輯版播放權的電視台和數位平台，還有幾千家廠商想在節目中安插廣告，老羅已經將這些事情交給負責的團隊處理，讓他們先進行幾回篩選，剔除掉不合格的合作方。

這一回，老羅可以說是大賺特賺，名聲和人氣也呈斷崖式直線上漲！

「哈哈哈哈哈哈哈……」

老羅興奮地在旅館房間內蹦蹦跳跳，狂笑不已。

可惜他跟江海只簽了一期的合約，商陸也是友情客串，不然真希望讓他跟商陸搭檔，做一整季的節目！

03

雖然在金圈的比賽戰鬥中受傷了也能立刻治好，而且空間裡有充足的能量讓幻靈們吸收，不會感到飢餓，但是學習知識也需要有時間吸收，大白狼他們在獲得一百場的勝利後，紛紛選擇離開考試空間休息，讓自己好好消化學習到的知識。

這些從金圈出來的契靈，頭頂上都飄浮著數字，顯示著他們的勝利場次。

大白狼他們一出來，馬上就有排隊等候的契靈進入金圈裡，一分鐘都不耽擱。

花寶和大白狼現身後，那些跟著他們進來的秘境原住民幻靈紛紛聚集過來。這些沒有契靈師培育的幻靈，在裡頭打了十幾場、幾十場的比賽後，就輸了比賽被傳送出來了。

幻靈們出來以後本想再度進入，結果發現外面出現一大群實力強大的契靈，嚇得他們瑟瑟發抖，紛紛躲到熟識的商陸和江海身後。

等到花寶他們出來，這群幻靈彷彿找到了靠山，又一窩蜂地跑到大白他們身邊，跟他們嘀嘀咕咕自己在空間裡頭的遭遇，又炫耀著自己獲得的勝利次數。

按照其他契靈師的想法，肯定是不希望這群野生幻靈占據了金圈的考試位置，可是這裡是迷夢女神的地盤，作為秘境之主的她，應該不會想見到自家領地內的幻靈被排擠，所以契靈師們也沒有不讓這些幻靈兌換寶物和排隊。

反正野生幻靈的勝利次數不多，也就換換最低等級的物品，那些東西都不限量，市面上也能買到，根本不是這群契靈師的目標。

幻靈們本來還有些畏懼這群陌生人，但是發現這群兩腳獸並不在意他們後，膽子也大了起來，一下子在兌獎區跑跑跳跳，一下子鑽進契靈師與契靈之間，像是頑皮又活潑愛鬧的孩子。

野生幻靈們來到獎品兌換區，想要將積分換成食物吃掉，對野生幻靈來說，厲害的技能雖然好，可是他們更注重現實，現在的情況看來，根本不能讓他們慢慢積累積分兌換那些技能，與其這樣，不如換取能夠讓他們成長的能量食物。

就在幻靈們選好想要吃的能量果實時，一旁正在做記錄的青年研究員喊住了他們。

「請問你們是想要兌換這些能量果實嗎？」

青年研究員推了推鼻樑上的銀框眼鏡，禮貌地詢問道。

幻靈們發出一堆雜亂的聲音，回以肯定的答案。

「我想跟你們做筆交易，我給你們好吃的能量包，保證能量比你們要兌換的食物多，你們將勝利的積分次數轉給我，可以嗎？」

青年研究員從背包中取出專為幻靈配置的能量包，這是研究院的最新產品，是從能量果凍機改動而來。

「來，你們可以先嚐嚐，要是喜歡，我們再進行交易。」

青年拆開其中一包，倒在可以生物降解的拋棄式杯子中，讓幻靈們都能嚐到一、兩口滋味。

幻靈們沒吃過這種東西，試著吃了一口後，發現這能量包並不是只有單一種果實，能量比單吃果實更多，而且味道更豐富美味，立刻就喜歡上了！

幻靈們紛紛同意進行交易，研究員在欣喜之餘，也不忘詢問迷夢女神的意見，確認這樣的交易是她允許的。

「可以。」

迷夢女神同意了。

因為研究員並沒有欺騙幻靈，交易的東西確實比幻靈們想兌換的食物要好，對幻靈是有助益的。

如果研究員耍小聰明，欺騙這些幻靈，讓幻靈們吃虧了，迷夢女神可就沒有這麼好說話了。

雙方交易過後，研究員的頭頂上出現交易的數字，而他帶來的能量包也清空了。

雖然野生幻靈的勝利次數不多，但野生幻靈的數量多啊！他們的勝利場次加總起來有六百多，足夠研究員兌換一個罕見的低等級資源了。

迷夢女神抬手一揮，野生幻靈身上多出了金色手環。

「用這手環，你們可以隨時進入小空間，不需排隊等候。」

這是迷夢女神給予秘境原住民的特殊福利。

野生幻靈的成長艱難，雖然生活在能量豐富的秘境，卻也要警惕兇獸的窺伺，經常一個不小心就喪命於兇獸嘴下，相較於契靈們，野生幻靈更需要金圈空間這樣的歷練環境。

被迷夢女神開後門的幻靈們向女神道謝後，高高興興地進入金圈空間，進行二度挑戰。

「小花寶，妳也一樣。」

一個小小的泛著紫色光芒的光球從迷夢女神指尖發出，飄到小花寶面前後，貼附在她的葉片小手上，變化成一個精緻繁複的粉紫色圖樣。

「妳還有很多需要學習的地方，多學一些技能對妳是好事。」

「咪嗚，謝謝女神大大！這個好漂釀！我好喜歡！」

小花寶道謝一聲後，開心地舉起葉片小手，向商陸展示手上的漂亮圖案。

商陸附和著讚美幾句，便要小花寶抓緊機會，進入空間學習。

小花寶雖然還想再跟商陸玩一會兒，但現場的人實在是太多了，而且他們都用奇怪又火熱的眼神盯著她，讓她很不適應，便聽從商陸的話，乖乖地進入小空間了。

雖然羨慕野生幻靈能走後門，不用排隊，但是契靈師們也沒有因此向迷夢女神抗議。他們這些外來者把金圈都占據了，算是奪取了本該屬於野生幻靈的利益，女神沒有將他們攆出去就已經很好了，他們又憑什麼抱怨不公平呢？

更何況，他們還可以跟幻靈進行交易，購買他們手上的勝利場次，這也是一個雙方共贏的好選擇。

至於小花寶……

沒看見她跟迷夢女神熟悉嗎？

人家女神給認識的小朋友開後門，這不是應該的嗎？

與其羨慕這個小傢伙，還不如想辦法跟小傢伙打好關係！

又或者想想該怎麼從野生幻靈手上換取到勝利場次，這才是重要的事！

眾位領隊撥打電話，讓人緊急送來一批對野生幻靈有益，他們會喜歡的東西，力圖將幻靈們的積分都換到手。

在緊迫的忙碌之中，一個月的時間匆匆而過。

雖然他們沒能兌換到所有想要的資源，但是最想要、價值最高的「孵化池」、「治癒池」和「傳承空間」他們都兌換到了，也算是大豐收了。

當眾人陸續走出岩石山後，一陣空間波動出現，岩石山緩緩消失，只留下原先的斷崖。

臨離開前，迷夢女神告訴眾人，這座岩石山往後每隔十年會出現一次，但是位置不一定，要他們自己找尋，想進行試煉的人皆可以前來。

眾人默默將時間記住，準備將這裡列為關注重點，等下個十年再來。

「小花寶，妳有空可以去其他神靈那裡逛逛，他們也都很想妳。」迷夢女神語氣溫和地叮囑。

「咪嗚？他們都在嗎？」小花寶歪著腦袋，有些疑惑地問。

「我也不清楚他們是不是在原處，有幾個特別喜歡到處跑，能不能遇見，就看你們的緣分了。」

「咪嗚！好噠！我會去找他們噠！女神再見！」

花寶揮了揮葉片小手，興高采烈地跟迷夢女神道別。

04

離開迷夢秘境後，事情還沒結束。

最重要的獎品分配讓來自各方勢力的一群人足足吵了十幾天，這才有了最終定案。

按照《秘境法》，在秘境中發現遺跡或是寶藏的人，按照發現的價值，可以獲得一成到三成的獎勵。

舉例來說，如果有人在秘境中發現一座古墓，那麼古墓裡頭的寶物，發現者可以獲得一成到三成。

至於為什麼是一到三成，而不是獲得古墓所有寶物？

那是因為《秘境法》中明文規定，秘境屬於國家所有，不能任意買賣或是私人擁有。

岩石山屬於可以重複使用的資源，而且還是迷夢女神職掌之處，迷夢女神又跟小花寶有交情，基於種種情況的考量，商陸和江海獲得了最高的三成額度，一人可得一成半的秘境寶物。

而且北安契靈師大學和巡夜人總局，也都分到一個「孵化池」、「治癒池」和「傳承空間」。

商陸將獲得的資源分出三成給商榮集團販售，餘下的都贈送給北安契靈師大學，讓老師和學生們都有機會向學校購買或利用校園積分進行兌換。

江海這邊就有些波折了。

按規矩來說，這些資源屬於江海個人所有，但是巡夜人總局卻私下找了他談話，話裡話外對他施壓，說他是以巡夜人隊長身分參與節目，這才有機會發現岩石山，所以江海「應該」要跟總局「分享收穫」，不能貪婪地獨占。

江海本來就沒想過要獨占這些資源，但是總局的態度讓他相當心灰意冷，他索性將獲得的資源分出兩成給自家隊員，三成給自己隸屬的南區分局，另外五成給巡夜人總局，並向總局提出辭呈。

總局想要挽留江海，但是江海堅持辭職，並且以五成的資源為條件，若是他們不讓他離職，那麼這五成資源他就給自己隸屬的南區分局。

反正大家都是巡夜人機構，資源給總局或是給自己所在的南區分局，並沒有差別，大家都自己人嘛！

總局當然不能說南區不算自己人，非要江海將資源交給總局。為了獲得資源，總局還是同意讓江海離開了。

江海的離職在總局刻意控制消息的情況下，並沒有掀起什麼波瀾，唯一造成的影響就是南區知曉內情的巡夜人成員，一部分看不慣總局態度的成員也跟著離職了。

以前人人嚮往加入巡夜人團隊，是因為當時為了對抗深淵怪物，大量資源向軍方和巡夜人總局傾斜，加入巡夜人團隊可以獲得大量資源，讓契靈盡快成長。

可是現在已經沒有戰爭了，為了讓社會加速發展，各項資源開始供應給民間機構，巡夜人總局的資源減少大半，加上薪水低、工作繁雜、工時長，就算下班了也必須二十四小時待命，還要寫大量文書報告，開一堆沒有意義的會議……

巡夜人成員的時間和精力被消耗在這些瑣事上頭，沒辦法好好培訓自家契靈，甚至出現契靈培育速度比民間契靈師緩慢的情況。

看著其他同學在加入民間公司後，得到的薪水比自己高，公司福利也比巡夜人好，同樣的工作年資，對方現在都已經買車買房，而自己卻還在省吃儉用，為了房租和培育契靈的資源苦惱。

不少巡夜人成員心底都有些不甘。

他們之所以還願意待在巡夜人團隊，為的是自己的理想和夢想，一部分成員則是因為崇拜江海、商陸這些英雄加入的。

然而，他們心目中的英雄江海都因為受不了總局的刁難而離職，那他們留下來還有什麼意義？

更何況，巡夜人雖然是維護治安的機構，可是維護治安的也不只有巡夜人啊！

軍方、警局、消防局等政府單位也有招收契靈師；和平鴿聯盟、世界樹、契靈師特赦組織等多個國際團體也一直在打擊各式各樣的罪犯；民間的冒險者團隊、傭兵團隊也有跟官方合作，一同掃蕩犯罪分子……

又不是只有待在巡夜人才能當英雄、維護正義！

江海辭職的消息，商陸第一時間就得知了。

因為江海在離職時，曾經找過他談話，想讓商陸幫忙找尋接替他的人選。

商陸雖然已經離開巡夜人幾年，但是商榮集團依舊持續贊助巡夜人團隊，他的一些老朋友也經常與他聯繫，他的人脈比江海還要廣泛，找個接任隊長並不是難事。

江海被總局刁難一事，商陸原本打算出手幫忙，只是江海念在過往的情分，想跟總局好聚好散，不願意多事。

不然以商陸的手段，絕對能夠將那些蛀蟲都踢出總局！

不過現在也不晚，江海離職後，商陸就安排人開始放出消息，將那些蛀蟲做的骯髒事揭露出來，原本蛀蟲們還想壓制輿論，但他們又怎麼可能拚得過商榮集團？

不到一個月的時間，蛀蟲們就被羈押起來審查，現在已經罪證確鑿，就等著判刑了。

「接下來你打算做什麼？」

商陸將一瓶果汁遞給前來找他敘舊的江海，隨口詢問道。

比起之前的鬱鬱寡歡，現在的江海明顯要爽朗許多，如同小太陽一樣熱情的笑容也回歸了。

「我打算去旅行。」江海拿起果汁喝了一口，笑著回道。

「旅行？」

「對，先到各個城市走走，也會去秘境裡轉轉，有機會的話，或許我會挑戰一下禁區。」

「我聽說有幾個跟著你離職的老隊員想找你組團？」

「對，不過我拒絕了。」江海笑了笑，「他們幾個在外面都有拉起一個團的本事，都可以當領頭，不需要跟著我。」

江海擔任南區隊長也是時勢所迫，現在既然離職了，他就想要卸下重擔，一個人帶著三隻幻靈自由自在地到處遊玩。

要是他又跟隊員們組了團，那就閒不下來了。

「願意在北安或是商榮掛個名嗎？」商陸從抽屜中拿出兩份聘僱合約，「榮譽顧問，不約束你的行動，心情好就來學校開個講座，價錢就按照高級契靈師的等級給，如果在外面發現什麼好東西或是情報，可以賣給學校或是商榮，會給你好價錢。」

「行啊！有北安跟商榮兩座大山在，我就可以橫著走了。」江海開玩笑地回道。

江海也知道這是對方的好意，像他這樣的前任隊長要是在離職後沒有一個好去處，一些風言風語就會開始流傳，從能力到人品，甚至到你吃飯挑食都會被拿出來批評，每個人都想踩你一腳，藉著你的名聲上位。

現在有北安大學跟商榮集團的聘僱，那些人就不敢多說什麼了。

畢竟北安大學和商榮集團是有名的高標準，能力不行、人品不好的人可沒辦法成為他們的榮譽顧問。

第七章 ✸ 迷夢秘境岩石山後續餘波

01

等到秘境帶來的紛紛擾擾都平息時，學校也已經開學許久了。

英靈老師們加入授課行列，讓商陸的課程安排少了，可是他的日常行程還是一樣忙碌。

白天的備課空檔，他除了要接待前來找他的朋友、前輩、合作商和應付各種邀約之外，他還要陪著校長和副校長接待來自各方的訪客。

這些訪客打著「參觀校園」、「跟北安尋求合作」的名號來到北安，雙方見面沒多久，對方就開始旁敲側擊地詢問商陸和花寶之後的打算，想看看他們什麼時候去找其他幾隻神獸？

有的還特地給花寶帶來禮物，想用契靈喜愛的玩具和食物討好她，從她口中探得有價值的消息。

別看小花寶對江海、白光禹等人相當親近，那是因為花寶在《契靈守護》的漫畫中看過他們的劇情，知道他們的性格為人，對他們很是熟悉。

換成那些別有用心的陌生人，別說收下禮物了，她連看都不看對方一眼！

每次到了接待客人的時候，花寶就只是抱著商陸的脖子躲在他身後，吭都不吭一聲。

商陸原本擔心花寶對陌生人的態度太好，就像跟江海、白光禹等人的初次見面就對他們相當親近，擔心她這樣的性格容易被人拐走。

現在看花寶會防備陌生人，自然感到相當滿意。

不過當著客人面前，商陸當然不能表現得太明顯。

「抱歉，我家花寶性格比較害羞、怕生。」

商陸微笑著向訪客道歉，並示意花寶可以自行離開，不需要陪他在接待室應付客人。

花寶不想離開，但也不想一直被陌生的客人盯著看，她坐著小雲朵，飛到一旁的大白狼身邊，藉由他龐大的身形隱藏自己。

「哈哈，小花寶真是可愛，我家的契靈也很害羞，看見陌生人就會躲到我懷裡……」

訪客臉上笑呵呵的，看不出有半點不悅，還主動為花寶打圓場。

畢竟他這次過來是有求於人，不可能因為這點小事就對花寶生氣，覺得花寶沒給他面子。

訪客這次過來，是希望能夠讓自己的孩子轉學到北安契靈師大學。

一般來說，這種轉學只要按照正規程序走，孩子來北安進行招生測試，測試合格就行了，不需要家長特地跑來一趟。

然而，因為北安契靈師大學獲得了孵化池、治癒池和傳承空間，又有商陸贈送的大量資源，還有商榮集團每年定期的贊助，讓想要進入北安的學生人數爆滿。

光是報名考北安研究生的人數就比以往暴增十幾倍！申請轉學的學生人數更是高達三千多人！

三千多人啊！這都已經是正規招生的規模了！

這位家長的孩子雖然能夠用合格的成績通過轉學考，但是因為競爭者太多，學校這邊肯定是要從優選擇，這樣一來，這位家長的孩子肯定落選，所以他才想要來走走後門。

「當著商總、商老師的面，我也不敢說謊，老實說，我家孩子的成績肯定比不上那些優秀學生，但是他的轉學成績肯定是及格的！這個我可以保證！」家長拍著厚實的胸膛說道。

「我家孩子雖然在念書上不開竅，但是他在實戰訓練上很認真，對契靈也非常疼愛！要是老師您願意收下我家孩子，我願意給學校捐款五千萬！」

說著，學生家長拿出兩張支票，一張的金額是五百萬元，另一張支票的金額處卻是空白。

很顯然地，家長是打算要是五千萬不夠，那就再加！

家長將五百萬元的支票推到商陸面前，帶著恭維和諂媚笑著。

「我知道這點錢對商總來說不算什麼，就算是我給小花寶的零用錢吧！」

商陸微笑著將支票推回去，語氣平靜地說道：「謝謝您的好意，心領了。」

「商……」

商陸抬起手，制止了對方接下來的話。

「這次申請轉學的人數確實不少，學校方面也在緊急開會討論，看是要怎麼處理，等到招收標準、招收人數都確定後，學校會發出公告，並且傳訊息給想要轉學的學生。預計最遲下星期三會有答案，請耐心等候。」

「可是……」

「我看過您的孩子的資料，他念的學校是實力很好的名校，就算沒有轉學到北安，留在原本的學校也不錯。」

「……」學生家長面露苦笑，他當然知道那所學校好，當初為了讓孩子進入這所學校，他可是砸了不少錢！

只是他的孩子實戰成績是班級中上水準，但是筆試成績墊底，兩者相平均，就成了平平無奇的學生，在學校能獲得的資源和培育不多。

也因為這樣，聽到北安有大量資源還有優秀的英靈當老師以後，他這才動了讓孩子轉學的心思。

「老師，我這個孩子他……」

「您放心，雖然學校平常招收的轉學生人數大多不超過十個，但是因為這次的申請人數過多，所以校方也打算增加一些人數。」

「就算增加了，我家孩子也……」

「除了正規的轉學生之外，學校還打算增加旁聽生名額，旁聽生表現不錯的話，也能夠轉為正式學生。」商陸又給出另一個方案，「旁聽生雖然拿不到畢業證書，但是北安的旁聽生不用放棄原本的學歷，孩子可以一邊在原本的學校上學，有空時再過來這邊旁聽。」

聽到不用從原本的學校退學，家長的眼睛一亮，開始盤算起來。

「學校的資源會分配給旁聽生嗎？」

「我們北安的資源不是採用分配模式。」商陸糾正對方的說法，「學校會發布各種任務給學生，學生可以經由接洽任務、考試或是擔任老師助手獲得積分，這些積分可以用來兌換資源。」

「旁聽生接任務獲得積分的標準跟本校學生一樣嗎？」家長確認地詢問。

「是的，雖然一些校內福利部分比不上在校學生，但是在接任務和任務積分獲取上，學校都是一視同仁的。」

商陸將一本《積分兌換手冊》遞給對方，讓家長拿回家翻閱。

雖然沒能讓自家孩子走後門入學，但是家長也得到另一條折衷的道路。

反正他讓孩子轉學也只是為了北安的師資和豐富的資源，要是不用退學就能獲得資源，那他也不會不願意。

當然啦！要是孩子能夠順利轉學成功，或是在成為旁聽生後又能轉為正式學生，那自然是最好的了！

02

送走了家長，商陸抬手揉揉眉心，而後端起茶杯喝了幾口，潤潤乾渴的嗓子。

接待一位家長不累，但是一天要接到好幾通詢問轉學考試的電話，又要接待跑來學校的家長，同樣的事情解釋了一遍又一遍，有些家長還特別煩人，明明自家孩子的水準就不好，轉學考試不合格，他卻非要說孩子太緊張、沒有考好，非要學校再給一次機會。

前來進行轉學考的學生可是有好幾千人，策劃考試也是很麻煩的，哪有時間再為你家孩子單獨加開一場？

再說了，要是真的破例讓你的孩子補考，那其他同樣不合格或是合格了，但是覺得成績不夠好的考生也要求要補考，那該怎麼辦？

老師們不用上課了？光是花時間為你們出考卷、為你們考試就行了？

商陸以前也處理過不少糾紛案件，自認是見過世面的，卻沒想到一部分家長還是讓他大開眼界，讓他見識到「死皮賴臉」、「毫不要臉」、「我弱我有理」、「我家的孩子是塊寶，別人家的孩子是根草」的神奇場面。

讓商陸相當啞口無言。

花寶飛到商陸面前，給他嘴裡塞了一顆能量果凍，讓他恢復精神。

「……花寶，這果凍是白老師做的？」

入口的果凍才咀嚼幾下，一股又甜又苦還泛著微酸的滋味在口腔裡漫開，還有一道加強版薄荷的勁涼滋味直衝腦門，給予商陸的精神二次打擊。

「咪嗚！白老師說，這是消除疲勞、提振精神的果凍！」

小花寶頂著乖寶寶的表情，一臉認真地回答，完全不知道自己坑了商陸。

被花寶盯著，商陸又不能吐出來，只好匆匆地嚼了幾下，將果凍囫圇吞棗地吞下肚。

吐出一口帶著苦澀味和薄荷的涼氣後，商陸抬手按住花寶的腦袋。

「乖，把白老師給妳的果凍都給我。」

「咪嗚，不行，白老師說，你會把果凍拿去丟掉！」

被按住腦袋的花寶不能搖頭，只能舉起葉片小手，在胸前做了一個打叉的動作，用來表示自己的堅定。

「老師說你討厭吃藥，以前就經常把藥丟掉！」

「……我沒有。」

商陸沒想到白光禹為了不讓他丟掉難吃的果凍，竟然還在花寶面前抹黑他！

我以前那個溫柔體貼善良的白老師去哪裡了？是變成幽靈以後就把那些好品質丟了嗎？

「花寶，我沒有不喜歡吃藥，這個果凍做失敗了……」商陸試圖解釋。

「咪嗚，可是你現在變得很有精神！」花寶不相信地反駁。

那是被奇怪的味道刺激的！

商陸忍著吐槽，委婉地回道：「這個果凍的配方還需要調整，我要去跟老師討論。」

「咪嗚！白老師說，這個配方是目前最好的組合。」

「這個配方真的還需要調整，要是妳不相信，我們拿去給江海嚐嚐，看他是不是跟我一樣的意見。」

「咪嗚……」

花寶遲疑了一下，最後還是點頭答應了。

於是，待在商陸辦公室玩遊戲的江海，就成了白老師牌果凍的下一個受害者。

江海沒有預防地被商陸塞了一顆果凍，他還下意識地嚼了兩下，隨即被嘴裡的奇怪味道暴擊，讓他從沙發上跳了起來。

「這什麼鬼……唔唔唔！」

商陸一把摀住江海的嘴，硬逼著他將果凍吞下去。

身為好兄弟、好朋友，就該一起吃果凍！

「這是白光禹白老師做的果凍，你嚐嚐，這個配方是不是需要調整？」

商陸強調了製造者的名字，語氣和善、面帶微笑地鬆開摀住嘴巴的手。

江海艱難地嚥下果凍後，連連點頭。

「要！當然要！」

「花寶，妳看到了吧？這果凍真的需要調整配方。來，把果凍給我。」

商陸對花寶伸出手，示意花寶將果凍交給他。

「咪嗚……」

有江海作證，花寶聽話地將整包果凍交給商陸。

「這是白老師給花寶的？」江海震驚地瞪大眼，「花寶也有吃這個果凍？小傢伙的味覺沒有吃壞吧？」

「咪嗚，花寶沒有吃。」花寶搖頭回道：「白老師說，這個果凍是給大人吃的，花寶還小，不能吃。」

「……」

聽到花寶沒有被白老師禍害，商陸和江海鬆了口氣後又覺得頗為無語。

所以這果凍就是白老師專門做來禍害他們的？

江海看了商陸一眼，低聲道：「你不是一直在盯著白老師的實驗嗎？怎麼還讓他做出這種東西禍害人？」

「最近比較忙，沒注意到他那裡。」商陸無奈地揉揉眉心。

「我記得老師以前煮菜很好吃，為什麼做出來的果凍會這樣啊？難道變成幽靈還能讓味覺也變了？」江海滿是不解。

商陸能說什麼呢？

他只能無奈地嘆氣。

「老師他大概是……放飛自我了吧？」

「那你最好還是管管他，別讓他真的飛上天了。」

江海真誠地建議，他可不想下次又吃到味道更加恐怖的果凍。

商陸看著手上的果凍包，還是為白老師辯解幾句。

「其實這果凍的效果還是不錯的，只是味道不好，但是比起藥劑，這果凍的味道也算是還可以。」

江海直接回他一記白眼，吐槽道：「你就慣著白老師吧！」

03

「你不是說要去旅行嗎？什麼時候出發？」商陸直接轉換話題。

他原本以為，江海辭職後就會立刻啟程，卻沒想到他卻是在成為北安的榮譽顧問後，搬進北安大學的教職員宿舍，並且在這裡一待就是兩個多月，說是之前太累了，想要休息一段時間。

而他的休息方式就是玩遊戲、看綜藝節目、逗花寶玩，日子過得非常悠閒。

「怎麼？覺得我跟花寶感情太好，嫉妒了？想趕我走？」

江海嘻皮笑臉地揶揄他一句，轉頭又做出一副要哭了的表情，抱著花寶委屈地嗷嗷。

「嗚嗚嗚小花寶，商陸他要趕我走，我好傷心，好難過呀！」

花寶有些茫然地摸摸江海的腦袋，她沒有從江海身上感受到難過和悲傷的情緒，甚至覺得他有些高興。

這種情況下，她需要安慰江海嗎？

「咪嗚？江海海真的難過嗎？」

「嗯啊，好難過呢！」

嘴上說著難過，江海臉上卻是笑著的。

「花寶貼貼，我就不難過了。」

「咪嗚，貼貼！江海海不難過。」

花寶張開葉片小手抱著江海的臉，與他臉頰相貼。

只要貼貼就能讓江海不難過，花寶很樂意配合。

看著居心不良、滿口謊言的江海哄騙單純的花寶，商陸真想把手裡的教材砸到他頭上。

哪裡來的怪叔叔啊？連小契靈都騙！

在溫馨的人與契靈互動中，商陸辦公室的門被敲響，敞開的大門邊站著一名紅髮女子。

「呦！學弟，下午安啊！沒打擾到你們吧？」

燕凰抬手揮揮，算是跟眾人打過招呼後，逕自邁步走了進來。

她也是北安的畢業生，比商陸高兩屆，也曾經被白老師教過，可以算是商陸的學姐，只是商陸當時年紀小、脾氣倔，不喜歡這種「明明不熟卻要裝熟」的學姐、學弟稱呼，從來沒喊過她學姐。

直到白老師死後，燕凰出手照顧了商陸幾回，兩人又因為合作的關係慢慢熟識起來，商陸才認同了這位學姐。

「小花寶，我帶了好吃的蛋糕過來，這是用萌萌鮮奶、咕咕鳥的蛋跟木妖精種的小麥做的，非常香、非常好吃喔！」

「咪嗚，謝謝燕凰姐姐！」

小花寶在《契靈守護》漫畫中看過燕凰的故事，知道她是個性格直爽又帥氣的大姐姐，還是商陸的朋友，對她並不排斥。

燕凰買的蛋糕是拼盤蛋糕，一塊三角形蛋糕就是一種口味，一共有十二種口味，足夠小花寶跟朋友們一起吃了。

花寶開心地端起蛋糕盤，飛到一旁跟大白狼和幻影蝶他們分享。

「我今天來，是有一件事情要告訴你。」

燕凰坐在沙發上，開門見山地對商陸說道。

「我收到消息，有人在黑市出高價要抓花寶，而且不止一個人懸賞，目前已經知道的，就有四個勢力團體都想要獲得花寶，接下這個懸賞單的人也不少。」

「知道是誰嗎？」

商陸沉著臉色，周身氣勢凝重，泛著一股風雨欲來的壓迫感。

「別氣、別氣，這種事不是早就預料到了嗎？你不是還派了公司的保安過來鎮守學校，學校的安全系統也換成最新的？」

江海拍了拍他的肩膀，安撫商陸的怒火。

「我不知道出懸賞的雇主是誰，不過能出得起高價的組織，也就那幾個吧！」燕凰兩手一攤，語氣隨意地說道。

確實，現在深淵大戰才結束幾年，各地百廢待興，大家都想要好好過日子、好好經營生活，這時候想搞事的人真的不多。

不管這些組織有沒有參與這次的懸賞事件，商陸都針對他們在黑市掛了一連串的懸賞，酬金頗豐，吸引了不少人接單。

他還請燕凰私下放出消息，告知那些人商陸掛懸賞的緣由，將他們的怒氣轉移到懸賞花寶的人身上。

「沒問題！這件事情包在我身上。」燕凰爽快地接下這份差事。

回過頭，她看著正在吃蛋糕的花寶，開玩笑地說道。

「要不，你讓小花寶到我那裡，我保證將她保護得好好的，一根毛都少不了。」

「不了，花寶在這裡就很好。」商陸斷然拒絕。

燕凰也不在意商陸的回絕，她早就知道商陸不會輕易讓花寶離開他的身邊。

「小花寶，妳認識鳳凰嗎？知道鳳凰在哪裡嗎？」燕凰半試探、半開玩笑地詢問。

「咪嗚，鳳凰在天封山，但是他喜歡到處跑，不一定在家噠！」

「竟然在天封山嗎？」

燕凰眼睛一亮，腦中迅速浮現天封山的資訊。

天封山是南方最高的山峰，鄰近禁區，那裡風景秀麗，山底下被開發成觀光景區，而山頂因為高度太高，被一些喜歡登山的冒險者視為挑戰地。

「天封山那麼熱鬧，人那麼多，怎麼都沒聽說有人見到鳳凰？」江海提問道。

「有。」燕凰回道：「有傳聞說，住在那裡的村民見過天上飛著身上冒著火焰的漂亮鳥類，只是他們都以為那是其他的鳥型幻靈，沒有往鳳凰身上想。」

「我還以為鳳凰生活在人跡罕至的清靜地，沒想到他竟然住在觀光景區？」江海一臉的難以置信。

「天封山那麼熱鬧，鳳凰不會被人類吵到嗎？」商陸也是面露疑惑。

「咪嗚！鳳凰在山頂上面的雲宮，人類吵不到他噠！」花寶回道。

「山頂上面有鳳凰的宮殿？」

幾個人面露訝異，這個消息他們還是第一次聽說。

「咪嗚，持有鳳凰信物的人才能進去雲宮噠！」

「小花寶，鳳凰信物長什麼樣啊？」燕凰有些急迫地詢問。

她心想，她收集了那麼多跟鳳凰有關的古物，說不定就有。

「咪嗚，這樣噠！」

花寶直接從空間裡取出一根金紅色的長羽，羽毛周圍飄散著火焰，卻沒有灼傷任何人。

「這是……鳳凰的羽毛嗎？」燕凰克制住想要拿過來觀看的想法。

「咪嗚！是噠！」

「可以借我看看嗎？」

「咪嗚，送妳噠！」

花寶知道燕凰很喜歡鳳凰，便爽快地將羽毛送給燕凰。

「可、可以嗎？這可是鳳凰的信物！」燕凰緊張得連說話音調都變了。

「咪嗚！可以噠！我還有很多！」

花寶又從空間裡掏出一大把鳳凰羽毛。

也不知道怎麼回事，從迷夢女神那裡回來後，花寶抽獎都會抽到一堆神獸相關的物品，像是鳳凰信物、龍神信物、福神信物、風神信物、大地神信物、天空之神信物等等，這些東西又不能吃，只能在前往神獸們的住所時使用，花寶只好將它們都存放在空間裡。

「……」

看著花寶手上那堆可以用來做成羽毛扇的鳳凰羽毛，燕凰啞口無言。

「咪嗚，給陸寶、給江海海。」

花寶將鳳凰羽毛各分一根給兩人。

不是她小氣，不肯多分，而是鳳凰信物是可以重複使用的，鳳凰不會收回，所以一根羽毛足矣。

分完鳳凰羽毛後，花寶腦中閃過一個清理空間信物的好點子。

她將一堆神獸信物取出，開開心心地分給現場的人和契靈。

現場的人和契靈們也再次確信，花寶確實認識神獸，而且跟眾多神獸的關係很好。

04

在商陸的放任中，有惡勢力在黑市懸賞花寶的消息很快就在北安契靈師大學傳開，學校師生們都對此顯得相當氣憤。

雖然不是所有人都見過花寶、認識花寶，但是大多數人都看過花寶在《秘境與我》節目中的表現，知道她在秘境中很努力地為學校找資源，跟秘境中的野生幻靈也相處得相當愉快，還跟迷夢女神認識！

這麼一個乖巧、貼心、懂事又神秘的花寶，有誰不喜歡？

因此，學生們自動組成校園巡邏隊，時刻監控進入校園的外地人的情況。

商陸得知此事後，便在校園內發布任務，只要是加入巡邏隊的學生，都能獲得少量積分以及商榮集團的五折折扣券，要是能夠發現或是抓到有問題的人，他們還能得到額外的豐厚獎勵！

這個任務一出，校園巡邏隊迅速茁壯起來，變成近千人規模的大團隊。

一開始，這個大團隊還有些混亂，每個人都有自己的想法和意見，在爭執吵鬧聲中，各種事情一項項被解決，學生們迅速成長起來，團隊變得有秩序和規劃，也算是為未來出社會後，跟陌生人的配合打下一個不錯的基礎。

師長們欣慰地看著這群孩子們成長，在他們積極蓬勃又略顯稚嫩的神情上，彷彿能見到他們光明燦爛、積極向上的未來。

校園巡邏隊一開始因為技術不成熟，經常有抓錯人、道歉認錯的情況發生，後來他們不斷跟師長、學長們學習，一再精進自己的眼力和判斷能力，犯錯的次數就逐漸減少了。

而被師生們保護著的花寶，對此毫無所察，眾人都一致認為，不應該將這麼恐怖的事情告訴一隻年幼的小契靈，不應該讓小契靈害怕，所以全都瞞著她。

不過他們也不忘記叮囑小花寶，遇到陌生人要提高防備，要是有陌生人用糖果拐她，千萬不要跟著陌生人走了；如果有人想要抓她，那就要高聲求救，並且要記得跟在商陸、白老師或是大白狼身旁，絕對不要一隻契靈跑去玩耍。

對於這些叮囑，花寶全都乖乖地一一應下。

又過了半個月，江海出發去旅行了。

原本就已經在進行旅行準備的他，在獲得花寶贈送的神獸信物後，決定啟程前往龍宮。

龍族雖然跟人類交好，卻也排外，只有十年一次的龍宮慶典才會開放接待外賓，但也不是什麼人都能去的。

龍族慕強，能收到龍宮邀請函的人，大多是成名許久、實力強大的契靈師，另外有一小部分是官方派去參加慶典的。

參與龍宮慶典的來賓，只要能夠獲得龍族賞識，就有機會得到跟龍族或是龍獸契約的機會。

今年正巧是龍宮慶典舉辦的年份。

江海在深淵大戰中有顯赫的戰績，讓他也獲得了龍宮邀請函，但是這張邀請函是最普通的邀請函，只能在宮殿外圍參觀的那種。

如今花寶送給他龍神的信物，他想要藉由這個機會試試，看能不能跟龍族或是龍獸契約。

擁有一隻強大的龍族，可是眾多契靈師的夢想！

雖然江海已經擁有三隻強大的契靈了，但也不妨礙他抱一隻小龍回家養著嘛！

胖嘟嘟的小幼龍多可愛、多帥氣啊！

花寶在遊戲中也有見過龍族，龍族的型態各異，有長得像恐龍、肚子圓滾滾的暴王龍；形似蛇類的長龍；能騰雲駕霧的雲龍；長著如同蝙蝠的肉翅，能掀起龍捲風的翼龍；喜歡待在海裡翻江倒海的海龍；渾身閃閃發亮，喜歡吃寶石的寶石龍……

不管是威風凜凜的成年龍，還是稚嫩可愛的幼龍，顏值都很高，很受歡迎。

「咪嗚！花寶也想養龍！」

花寶舉著葉片小手揮舞，希望商陸也能帶一隻龍回來。

商陸無奈苦笑，龍族跟契靈師結契是看眼緣的，實力強大只是基本條件，要是契靈師不合龍族的眼光，就算再厲害也會被龍族嫌棄，不然為什麼那麼多厲害的契靈師，真正跟龍族契約的就只有幾個呢？

「妳不是養了一顆蛋嗎？」

商陸指了指放在窗台邊曬太陽，平常會被花寶隨身攜帶的孵蛋器。

「蛋還沒孵出來，妳就說要別的寶寶，這樣蛋蛋會難過的喔！」

不曉得是不是聽懂了商陸的話，孵蛋器裡頭的幻靈蛋也跟著搖晃兩下，像是在附和商陸的話。

「咪嗚，我沒有不要蛋蛋啊！」

花寶連忙飛到幻靈蛋身邊，奶聲奶氣地安撫。

「花寶好喜歡蛋蛋喔！花寶在等蛋蛋孵出來，跟花寶一起玩！花寶最愛蛋蛋了！貼貼！」

花寶使出撒嬌絕招「貼貼」，將小臉蛋貼在孵蛋器光滑的玻璃罩上，裡頭的幻靈蛋也跟著傾斜了蛋身，湊過來跟花寶隔著玻璃貼貼。

能夠在蛋裡頭就對外界情況有反應的蛋，基本上都是精神力高而且身體強壯的，商陸很期待這顆不知來歷的幻靈蛋的未來發展。

第八章

花寶的被綁架旅程

01

即使被嚴密地守護著，花寶還是被抓了。

帶走她的是一隻能夠潛藏在影子中、又能高速飛行的渡鴉契靈。

渡鴉的等級只是中級，照理說應該躲不過大白狼這樣的君王級偵查，但是這隻渡鴉卻有極為稀罕的天賦——凡是進入渡鴉影子內的生物和物品，都能被渡鴉控制行動，包裹進影子裡帶走！

也是因為這個天賦，這隻渡鴉才能在商陸和大白狼的重重保護中帶走花寶。

等到花寶昏昏沉沉地醒來時，發現自己被關在一個籠子裡，籠子外頭是一間陌生房間。

「嘎，胖子，她醒了。」

站在桌上吃水果的渡鴉，轉頭朝坐在客廳沙發處看電視的契靈師叫道。

被稱為「胖子」的契靈師應聲回頭，他的手裡拿著一根炸雞腿吃著，嘴角沾了油脂和醬汁，下巴有沒有刮除的凌亂鬍碴。

「餓嗎？要吃東西嗎？」

他舉起啃了一半的炸雞腿朝花寶晃了晃，花寶搖頭拒絕。商陸跟她說過，不能吃陌生人手裡的東西，因為他們可能在食物裡下藥。

被花寶拒絕，對方也不在意。

「我知道妳聽得懂我的話，妳既然被我們抓來了，就乖一點，別鬧事，關妳的籠子是特製的，專門關你們這些幻靈的，妳出不來的。」

花寶不信，抬起葉片小手，對著籠子就想發出一記水砲。

然而，不管她怎麼努力，能量總是無法凝聚，技能無法使出。

「知道了吧？」胖子見她嘗試失敗，又笑呵呵地往下說：「妳就乖乖待在裡面，不要吵，其他人的脾氣可沒有我好，他們要是被妳吵煩了，是會揍妳的。」

說完話，胖子逕自轉過頭去繼續看電視。

對他來說，電視上正在載歌載舞的女團偶像比花寶更有吸引力。

花寶表面上茫然地呆坐在原地，暗地裡透過空間點開了商陸給她的求救裝置，讓機器發出信號通知商陸等人進行救援。

商陸教過她遇到這種情況該怎麼處理，一是要好好保護自己，不要惹壞人生氣；二是趕緊打開求救裝置發出訊號，讓商陸能夠找到花寶，這些花寶都記著！

商陸給花寶的求救裝置並不是只有聯繫商陸一人，所有商陸認為值得信任的朋友，都能收到花寶送出的求救訊號，進而發起救援行動。

這也是商陸考慮到花寶可能被帶到遠方，他很可能因為路程或其他因素而趕不上救援的預防方案。

發出求救信號後，花寶環顧四周，想確定自己的位置。

窗戶的窗簾被拉開來，嚴嚴實實地遮蔽了外頭的景色，也讓室內顯得昏暗。房間裡頭開了燈，燈光的顏色是冷白色，在燈光照耀下，家具擺設都顯得冷冰冰的，彷彿連溫度都低了幾度。

周圍的家具有些老舊，有些還有缺角破洞，空氣中飄浮著細塵，帶著一股霉味和酒精、食物混合成的味道，牆角上有蜘蛛網，地板有零散的鞋印，鞋印上還沾著沙土。

當胖子隨著電視節目的女團音樂晃動身體時，沙發隨著他的動作「嘎吱嘎吱」作響，像是要承受不住他的重量一樣。

花寶所在的房間應該是客廳，兩旁還有幾扇門通往其他地方。

花寶研究了屋內環境一會兒後，就無事可做了。

她站起身在籠子內活動，甩甩葉片手臂、踢踢腿，活動活動僵硬的身體。

她的動作不大，並沒有引來胖子的關注，而站在一旁桌上的渡鴉則是一會兒看看電視、一會兒看看她。

將僵硬的身體舒展開後，花寶又躺回柔軟舒適的小雲朵上。

無事可做的她，索性閉上眼睛裝睡，實際上則是點開《契靈守護》的動漫論壇，觀看網友們的留言討論，打發時間。

論壇上依舊熱熱鬧鬧的，大家都在討論遊戲劇情的最新進度，聊著江海的辭職，聊著神獸的下落，有幾則帖子還提到出現在商陸身邊的小花寶……

可惜，遊戲中並沒有出現小花寶被壞人抓走的劇情，不然小花寶就可以知道自己是被抓到哪裡了。

花寶看了一會兒論壇，又打開了空間，查看孵蛋器的情況。

感受到花寶的關注，幻靈蛋閃爍著光芒，一陣精神波動傳入花寶腦中，稚嫩的聲音響起。

『花寶？安？』

花寶被抓時，正好在窗台邊跟幻靈蛋聊天，在發現不對勁的當下，花寶第一個動作就是將孵蛋器藏到空間裡保護。

『咪嗚，我沒事，蛋蛋呢？有沒有受傷？』

『沒，傷。』

『咪嗚，沒受傷就好，我們現在被壞人抓了，我已經給陸寶發訊號，陸寶很快就會來救我們。』

『壞，打打！』

幻靈蛋的精神波動強烈，充斥著怒意，蛋殼上也冒出了一、兩點的紫黑色，看起來就像是沾到墨水一樣。

『蛋蛋乖，蛋蛋不生氣，陸寶很快就會來救我們。』

就在花寶忙著安撫幻靈蛋時，大門突然傳來開門和關門聲響，把她嚇了一跳。

花寶退出空間坐起來一看，發現屋內多出了三男兩女，算上留守的胖子，這個「綁匪集團」一共有六個人。

「操！那邊的反應真快，契靈才到手不到一個小時，通緝令就發布了。」戴著墨鏡、面容兇狠的男子怒罵道。

「胖子，快起來收拾東西，準備離開！」

「喔喔喔，好、好……」

胖子連忙丟下手上的食物，動作靈活地起身收拾行李。

其實他們也沒什麼需要收拾的，重要的東西都帶在身上，需要拿的就是食物跟飲水，以及這趟任務中最重要、最有價值的「寶物」——花寶。

花寶所在的籠子被覆蓋上一層黑布，讓她看不見外面。

提籠子的人動作粗魯，籠子搖搖晃晃，花寶也跟著在裡頭搖來晃去，有幾次她沒有抓緊小雲朵，直接撞到籠子的鐵杆上，讓她發出一聲痛呼。

幻靈蛋雖然待在空間裡，卻能夠感受外界的情況，見到花寶在籠子裡頭摔來撞去，蛋殼上的黑點就冒出更多了。

02

綁匪們迅速開車離開臨時住處，讓追來的人撲了個空。

他們的車子是八人座的廂型車，內部空間寬敞，關著花寶的籠子被放在第二排的中間座位，籠子兩旁都有人。

車子行駛一段時間後，綁匪們似乎覺得已經安全了，就開始交談起來。

「那邊的動作很快，我們要快點把『貨』出了，不然就麻煩了。」聲音帶著菸嗓的女子說道。

「買家聯繫得怎麼樣了？」坐在副駕駛座的中年男子問道。

「聯繫了五個，有三個報價不錯。」回答的眼鏡男說出對方的開價。

「才這點？」

中年男子不滿地皺著眉頭，覺得這個價格還達不到他的心理預期。

「這可是世界上唯一一隻特殊型幻靈，他們就開這點價？」濃妝豔抹、衣著性感的年輕女子也覺得買家的開價低了。

「沒辦法，商陸發了懸賞令，他們怕被查到，怕被報復。」

商陸可不只是一個普通的富豪，他還是優秀的契靈師、前北區巡夜人隊長，人脈相當廣泛，前段時間商陸對那些下懸賞的組織的報復，已經讓買家們知道，他們要是敢對花寶下手，勢必會遭受到商陸的報復。

在這種情況下，買家們就算獲得花寶，也只能將她藏匿起來，不能夠光明正大地將她展現於人前。

花寶就算再特殊、再優秀，一旦只能被當成擺設，基本上就沒什麼價值可言。

「操！當初他們可不是這麼說的，現在我們冒這麼大的危險帶出來，又給我們砍價！」眼鏡男不滿地大罵。

「不過是想要壓價而已，她可是稀罕的幻想系，怎麼可能不買？」胖子一副識破對方計謀的語氣說道。

「他們大概以為，我們急著要脫手就只能賣給他們，自然就有恃無恐了。」菸嗓女子表情不悅地點了根菸抽著。

中年男子沉吟一會兒，又道：「問問其他人，還有那些私人研究院。」

「要賣給研究院嗎？」

一直沒有開口的黑衣少年臉上流露出不忍，他是渡鴉的契靈師，平常做一些小偷小盜養活自己，自認自己不是什麼好人，卻也沒有做過什麼大壞事。

要不是這群人突然找上門威脅他，他也不會跟他們合作。

畢竟他雖然算不上商陸的粉絲，卻也很佩服商隊這樣的人，要是事先知道他們要下手的目標是商隊……

他似乎也做不了什麼。

在這群人闖入他的住處時，他曾經讓渡鴉帶著自己逃跑，卻被這夥人抓住揍了一頓。

之後的行動也是一直監控著他，如果需要外出，他們肯定會拆散他和渡鴉。

之前是帶著他出門，把渡鴉留在房裡，現在同坐一輛車，他坐在前面，渡鴉在後面，左邊坐著胖子，右邊是胖子的契靈，一隻比渡鴉還要強大的幽靈鳥。

對上車內眾人的目光，黑衣少年抿了抿嘴，還是強撐著說出想說的話。

「你、你們不是說只是要把契靈賣給買家當寵物嗎？賣給研究院不好吧？」

「嗤……」臉上化著大濃妝的年輕女子發出一聲冷笑，「契靈都偷出來了才在假好心？」

「妳……」黑衣少年生氣地瞪著她。

「怎麼？我有說錯嗎？這契靈還是你的渡鴉抓出來的呢！」

「……」黑衣少年定定地看著她，而後咧嘴笑了，「既然妳認為我的功勞最大，那妳要不要把妳的那份酬勞給我？畢竟這趟任務從頭到尾妳、什、麼、都、沒、做！」

「你！」

這下子換年輕女子生氣了，她抬起手，就想要給黑衣少年一巴掌，卻被旁人制止了。

「莉莉，這麼生氣做什麼？」菸嗓女子扣住她的手，鄙夷地輕笑道：「他說得也沒錯，妳整天跟在老大身邊，也沒看見妳做事，確實該少分一點。」

「馬姐嫉妒了？」莉莉抽回手，挑釁地看著她，「怎麼辦呢？老大就是喜歡我陪他，不喜歡妳，妳再嫉妒也沒用。」

「誰嫉妒了？我只是看不慣妳都不做事，對團隊沒貢獻！」

「誰沒貢獻了……」

「夠了，現在不是吵架的時候。」中年人喝止了兩人的爭吵，將話題拉回正題。「所有人都去聯繫買家，多找幾個，這兩天就把『貨』賣掉。」

「是。」

除了開車的駕駛和黑衣少年以外，其他幾人都有自己的人脈和管道，可以聯繫不同的買主。

中年人看了黑衣少年一眼，隨口安撫了一句：「我們合作的研究院雖然是私人的，不過信譽都不錯，不是那種會折磨契靈的研究院。」

中年人只是隨口敷衍，不想在這緊要關頭被黑衣少年鬧出事情來，而黑衣少年聽了中年人的說辭後，緊繃的姿態也放鬆下來，像是相信了對方的話。

看見黑衣少年這樣的反應，濃妝女子又不屑地嗤笑一聲。

她跟著這個團隊已經快三年了，自然清楚團隊成員是什麼樣的貨色。

他們只看重錢財，誰出高價誰就能得到貨物，買家的人品好不好、會不會虐待契靈、會對契靈做出什麼事，根本與他們無關。

要求一個盜獵團夥有良心，根本就是在作夢！

也就只有這個黑衣少年會這麼天真，相信中年人的話。

待在花寶空間裡的幻靈蛋，感受到那些人對花寶的惡意，蛋殼上的紫黑色斑點又增加了一些。

03

一天後，盜獵團夥找到了一個出手最大方的買家，雙方約定了交易時間和地點，盜獵團夥直接驅車前往。

「終於到了。」

莉莉下車以後，伸了個懶腰，看著前方的礁岩和大海，嘴裡嬌滴滴地埋怨。

「這兩天都在趕路，坐得我腰都痠了。」

莉莉扭了扭腰，總覺得可以聽見腰骨的咔咔聲響。

其他人下車後也開始活動筋骨，雖然車子坐起來舒服，但是長期在狹小空間裡頭待著，又要小心提防追兵，身體和心理都覺得相當疲憊。

約定的交易地點是一處偏僻的海岸，海岸邊有大片的礁石適合藏身，道路的另一頭是樹林，遇到敵人往樹林裡一逃，或是往海裡一跳，總能脫身。

他們這些盜獵幻靈的人，不受幻靈喜歡，所以也成不了契靈師，但是他們也都有自己的獨門絕技，保命脫身沒有問題。

中年人手裡提著關押花寶的籠子，不斷看著時間，臉繃得緊緊的，表面上看起來鎮定，其實內心相當焦躁。

不能怪他這麼沉不住氣，這次的交易要是成功，他們就能吃香喝辣好幾年，但是這裡頭的風險也大。眾人都知道商陸不好惹，要是被他逮住了，他們幾個人的下半輩子就要在監獄中度過了。

「達哥，你那麼著急做什麼？在想拿到錢以後要去找哪個相好嗎？」

見中年人一直盯著時間，胖子笑著打趣，想要幫對方舒緩緊張的情緒。

中年人懶得理會，看都不看胖子一眼。

胖子也不以為意，從背包裡拿出路上買的漢堡和可樂吃著。

「還有二十三分，買家應該快到了。」

莉莉在周圍走動一會兒後，也跟著回到車子旁邊，從胖子的背包裡搶了一盒甜點，慢悠悠地吃著。

「想吃不會自己買啊？每次都搶我的。」

胖子不滿地嘀咕，把背包往身後推了推，不讓莉莉再搶劫。

莉莉沒有理會胖子，反正胖子膽子小，每次被她搶東西就會唸幾句，看起來很生氣卻又不敢把東西搶回去，根本就是一個孬種！

「買家沒問題吧？」

黑衣少年有些緊張地抱著渡鴉，現在已經到了交易階段，黑衣少年和渡鴉不再重要，盜獵團夥也就不再盯著他了。

如果黑衣少年這時候逃跑，盜獵團夥反而會覺得很高興，因為這樣就少一個人分錢了。

至於為什麼不直接解決對方？

幹他們這行的最重要的是名聲，要是他們找人合作卻又在事後下黑手，被其他圈內人知道了，他們就會被排斥，即使有人看在利益的份上跟他們合作，對他們也會處處提防，甚至會先下手為強，先一步坑殺他們。

「你要是擔心，你可以先走，等我們收到錢以後再將你那一份匯給你。」胖子開玩笑地提議道。

「不用，我跟你們一起等。」

合作都到了尾聲，黑衣少年當然不可能就此離開。

要是他真的走了，對方要是事後不匯錢呢？又或者在匯款時扣下一部分呢？

「買主是老顧客，不用擔心。」

菸嗓女子語氣淡漠地回答，但也沒有說出買家的訊息。

黑衣少年鬆了口氣，像這樣的交易，最重要的就是買家的誠信度，有些買家喜歡黑吃黑，開價時相當慷慨，貨到手以後不想給錢，就直接坑殺賣家。

雖然他們這些盜獵團夥經常被罵黑心，不過跟這些黑心買家相比，那真是小巫見大巫了。

距離約定時間還有五分鐘時，三輛黑色車子自道路一端行駛過來。

前後兩輛車子是保鏢車，買家乘坐的車輛位於中間。

保鏢先下車巡視周圍的安全，確定沒有埋伏後，才開啟車門請老闆下車。

買家是一名身材高瘦、神情嚴肅的青年，他穿著昂貴的名牌西服，手上戴著白手套和高檔名錶，光是他手上的那只手錶就足夠一棟房子的價格。

然而，在這麼精緻的裝扮中，青年的肩膀上卻站立著一個巴掌大小、零件略有殘缺的低等機械契靈，跟他一身的名牌顯得格格不入。

他是某處黑市的主人，名為「西澤」。

西澤的發家故事相當傳奇，據說他原本只是黑市負責處理垃圾和報廢品的小工，領著微薄的薪水過活，後來靠著勤奮和心計一路往上爬，最後弄倒了原本的黑市老大，成了新的黑市之主。

達哥見到西澤出現，隨即提著籠子朝對方走去，其餘幾人跟在後頭。

「契靈呢？」

「這裡。」

達哥掀開蓋著籠子的黑布，展示被關在裡頭的花寶。

「真的是商陸那隻？你們真的從商陸手裡偷到他的契靈？不會是用變化怪騙我吧？」

見到花寶以後，西澤神情不變，語氣顯露出幾分狐疑。

變化怪擅長模仿和變形成見過的事物，許多騙子都喜歡讓變化怪變成高價值的幻靈，高價賣給不知情的民眾賺錢。

「當然是真的！您是我們的老客戶，我們怎麼可能騙您？」胖子插嘴回道：「我們這一路過來，東躲西藏，好幾次都差點被抓到！要不是我們的逃脫技巧高超，我們現在就在牢裡了！」

「商陸已經對我們發出追捕令，要是不相信，您可以隨便找人問問。」菸嗓女子也跟著附和。

即使他們說得相當真誠，西澤還是沒有就此確定交易。

「老規矩，先驗貨。」

「當然，我們都是『守規矩』的人。」

達哥強調著「守規矩」三個字，並將籠子交出。

交易前先驗貨，這是規矩，買賣雙方都會遵守，但要是驗完了貨不給錢，或是想壓價、黑吃黑，那就是壞規矩，就算遭到受害者的報復，圈子裡的人也不會干預。

西澤接過籠子後，叫來一位契靈師上前驗貨，確定契靈身分的真偽。

變形怪的變形並不是毫無破綻的，有經驗的契靈師都能看得出來。

確定花寶的身分無誤後，西澤點點頭，沒再將籠子交還，並示意保鏢將箱子裡的錢給他們。

網路匯款容易被追查，所以大多數交易都是採用現金交易，要是金額龐大，錢鈔不好攜帶，也可以使用同等價值的物品進行以物易物。

就在雙方完成交易後，一聲沉喝出現。

「不許動！你們被捕了！」

埋伏著的警察和契靈師們全都一擁而上，包含樹林、礁岩底下的海底、兩旁的道路，甚至是天空中，都有前來追捕的警察和契靈師，鋪天蓋地，嚴嚴實實地將盜獵團夥包圍。

04

盜獵團夥想要抵抗，可是看著眼前眾多人潮，不用動到刀槍，他們一人一拳就能將他們撂倒，心底那點逃跑的心思也沒了。

他們看著站在人群中，神色陰鬱冰冷、活像是一座人形冰山的商陸，心想：說不定他就是在等著他們逃跑，到時候他就能用「匪徒抵抗追捕，被流彈射殺身亡」的名義弄死他們！

相較於盜獵團夥的緊張和氣憤，西澤和他的保鏢們的反應倒是相當平靜。

一群人站在原地像是看戲一樣，靜靜地看著警察和巡夜人將罪犯戴上手銬。

「謝謝合作。」帶隊的領隊向西澤點頭致謝。

「應該的，畢竟我可是守法的好公民。」西澤微笑著說出一句連他自己都不相信的話。

雖然他經營的黑市禁止人口和毒品販賣，有著自己的底限，但是經營黑市這件事情本身就是違法，警方看在這次的任務是西澤主動聯繫幫忙的份上，對他睜一隻眼、閉一隻眼，不然早就將他和手下都抓了。

第八章

「你竟然跟警方合作，出賣我們！」

達哥一行人看出裡頭的端倪，憤怒地紅了雙眼，恨不得將西澤生吞活剝。

「我跟你們本來就不是一夥的，哪來的出賣？」

西澤神情冷淡地看著對方，淺色的眼瞳透著不以為然。

「你給我等著！」

「吵什麼吵？自己犯罪還要恐嚇別人？」

警察推了達哥一把，嚴厲地將他們押往警車。

「花寶！」

直到盜獵團夥被控制住了，一直被攔著的商陸這才能夠上前。

「給你。」

西澤開啟了籠子的電子鎖，讓商陸從裡頭接出花寶。

商陸將花寶捧在手心仔細地檢查一番，確認她沒有受傷。

「咪嗚！陸寶，他們是壞蛋嗚嗚嗚嗚……」

原本還很堅強的花寶，一見到商陸就鼻子一酸，委屈地抱著他哭了起來。

「乖，沒事了，我找到妳了。」

商陸捧著花寶，臉色深沉地看了一眼那群被戴上手銬的罪犯，心底咬牙切齒地想著要讓他們在監獄裡待一輩子！

「恭喜你們團聚。」

西澤直到一人一契靈的情緒穩定下來，這才開口說話。

「後天我去北安拜訪。」

「好，謝謝。」商陸客氣地道謝。

「不用謝，這只是一筆交易。」

西澤摸了摸肩膀上的機械契靈，也只有在面對自家小夥伴時，他那淡色眼瞳才會流露出幾抹溫情。

很少有人知道，西澤肩膀上這隻殘缺的機械契靈，原本是健康完整的，他是為了救西澤，這才毀損成這樣。

機械契靈的身體受創後，可以藉由其他原料填補修復，唯有機械核心部分是無法修復的。

一旦核心有損傷，輕則等級下降、無法再升級，重則喪命。

在西澤擁有權勢後，他就一直想要修復機械契靈，只是一直找尋不到辦法。

很多人都勸西澤放棄這隻低等契靈，但是西澤不肯。

因為他是他唯一的家人和夥伴。

後來西澤從直播中看見商陸他們獲得能夠治癒一切的治癒池，這才有了希望。

他原本還在想要怎麼讓北安同意他使用治癒池，在聽到商陸的契靈被抓走後，立刻有了主意，之後的一切就順理成章。

他充當買家跟盜獵團夥交易，協助商陸找回契靈，而商陸也幫助他申請治癒池，讓他修復他的小夥伴，一舉兩得！

後記

《養成守護靈》第二集完結啦！不曉得大家喜不喜歡第二集的劇情呢？

這一集讓花寶他們到秘境玩耍，順便介紹了秘境的環境，還給花寶帶了一隻小夥伴回家（幻靈蛋），下一集蛋蛋的神秘身分就要揭曉啦！

小說中提到「虐殺幻靈」的討論，是因為我在刷影片時，剛好看見一個影片：某國的網紅虐殺貓貓狗狗，還將虐殺過程拍成影片上傳分享，並且在虐殺後還吃掉動物！那位虐殺動物的網紅得意洋洋，並不認為自己有什麼錯誤，甚至因為影片得到大量關注，更加張揚地進行虐殺動物的行為！

（而且這不止一例，某國不少網紅都因為「虐殺動物可以獲得關注」，開始虐殺動物！）

在被網友砲轟後，他跟一群同樣喜歡虐殺動物的人還聯合起來，「義正詞嚴」、絲毫不知羞恥地反駁那些指責他們的網友。

而且他們之中還有人是「偷鄰居家裡養的寵物進行虐殺」的！

他們竟然還認為這種偷竊和虐殺的行為「沒什麼大不了的」！

完全就是不把法律和道德當一回事！

整個影片看得我一肚子氣！

在寫《養成守護靈》時，想到幻靈的外觀設定也有動物和植物，這種情況在幻靈世界也有可能上演，所以才在小說中提了幾句。

不要求要喜歡動物，但是至少別虐待、虐殺！

身而為人，至少要有基本的善良和底線，拜託！

要是喜歡本集劇情，歡迎到貓邏的臉書粉專「貓邏的幻想國」留言喔！

國家圖書館出版品預行編目資料

養成守護靈 (2) 拐個幻靈寶寶當萌寵／貓邏著．-- 初版.-- 臺北市：平裝本． 2023.10 面；公分(平裝本叢書；第 554 種)(# 小說；12)

ISBN 978-626-97657-1-3（平裝）

863.57 112015162

平裝本叢書第 554 種
小說 12

養成守護靈
② 拐個幻靈寶寶當萌寵

作　　者—貓　邏
發 行 人—平　雲
出版發行—平裝本出版有限公司
台北市敦化北路 120 巷 50 號
電話◎ 02-27168888
郵撥帳號◎ 18999606 號
皇冠出版社（香港）有限公司
香港銅鑼灣道 180 號百樂商業中心
19 字樓 1903 室
電話◎ 2529-1778　傳真◎ 2527-0904
總 編 輯—許婷婷
執行主編—平　靜
責任編輯—張懿祥
美術設計—單　宇
行銷企劃—蕭采芹
著作完成日期— 2023 年 6 月
初版一刷日期— 2023 年 10 月

法律顧問—王惠光律師

讀者服務傳真專線◎ 02-27150507
電腦編號◎ 571012
ISBN ◎ 978-626-97657-1-3
Printed in Taiwan
本書定價◎新台幣 280 元 / 港幣 93 元